新　潮　文　庫

妖精配給会社

星　新一著

新　潮　社　版

2365

目次

著者よりひとこと　星　新　一

解　説　福　田　淳

カ　ッ　ト　真　鍋　博

妖《よう》精《せい》配給会社

福の神

元日の朝。多くの人が神社や観音さまへ、初詣《はつもう》でに出かけるなかで、エル氏はひとり独自な行動をとった。静かな墓地にむかったのだ。

といって、祖先の霊に新年のあいさつをするのが目的ではない。もちろん、気はたしかだし、あまのじゃくな心境からでもない。彼もまた幸運を期待する点においては、ほかの人たちと同じだった。

ただ、考え方が少しだけ、ちがっていたのだ。

「有名な神社に出かけてみても、そうききめはないだろう。たとえあったとしても、ああ大ぜい押しかけては、ひとりあたりの福の割当ては知れている。おれは独特な方法で、幸運を開発するつもりだ」

エル氏はつぶやきながら歩き、やがて、大きく新しい墓石の前で足をとめた。それには昨年に死去した財界の大物、アール氏の名が書いてある。エル氏はひざまずき、熱心に祈った。

「どうか、あなたに、あやからせて下さい」

アール氏とは無一物から身をおこし、天寿をまっとうするまでに、巨万の富を築きあげた人物だ。だれだって、できるものなら、あやかりたいにきまっている。

エル氏はポケットに手を入れ、用意してきた小型のハンマーを取り出した。墓石のはじを少し欠き、それをマスコットにしようと考えたのだ。だが、ハンマーを振りあげたとたん、声がした。

「やめろ」

エル氏は首をすくめ、あたりを見まわす。しかし、だれもいない。気のせいか。そこで、あらためてハンマーをあげた。

「やめろ。なんということを、するのだ」

またも声がした。だが、やはり人影はない。エル氏はひょっとすると、これは故人の霊かなと思った。あまり財産を作りすぎ、執着が残って成仏《じょうぶつ》できないでいるのかもしれない。それにしても、おれも成仏できないほどの財産を握ってみたいものだ。

エル氏は声に対して、あやまることにした。

「申しわけありません。お許し下さい。しかし、決して悪気があってのことでは、ありません。あなたさまにあやかり、成功したいという、熱心さのためです。つまりは、人徳を、お慕いすればこそで……」

と、途中から、巧みにおせじに切り換えた。すると例の声は、意外なことを言った。

「この墓の下の人物に、人徳などあるものか。さっき墓石を欠くなと注意したのは、そのためだ。むだだからな」

「すると、お声の主のあなたは、どなたなのでしょう」

「福の神のひとりだ」

と声は答え、エル氏は緊張しながら質問をつづけた。

「そうでしたか。で、ここでなにを……」

「ずっとアール氏に協力していたのだが、彼が死去してから、ここで休んでいたのだ。つぎの活動に移る前に、しばらく休養をとろうとしてな」

それを聞き、エル氏は思わずひれ伏した。なんという幸運。ひとと同じことをしていたら、こうはならなかったところだ。

「福の神さまにお会いできるとは、夢のようなことです。なにとぞ、福をおわけ下さい」

「そんなにほしいか」

「もちろんです。ぜひ、ぜひ、わたくしに……」

エル氏は、恥も外聞もなく連呼した。だれか通りがかりの人が見たとしたら、変なやつだと思うにちがいない。

「それほどに言うのなら、かなえてやらないこともない。だが、おまえには、それだけの熱意があるかな。福を手にする条件は、熱意なのだ」

「熱意のあることは、ハンマーを手にする前の祈りでおわかりでしょう。ひと一倍の熱意を持っているつもりです」

「ああ、その点はたしかなようだ」

「お願い申します。ほんの少しでもけっこうですから」

「いや、福は、細かくわけると意味がない。全部ひとまとめだが、それでもいいか」

エル氏は飛びあがり、また、ひれ伏した。

「もちろん、それが最高です。ああ、信じられないほどの幸運だ。……で、どうすればよろしいのですか」

「わしが、おまえに乗り移るのだ。これまで、アール氏に乗り移っていたようにな」

「すると、アール氏ほどの財産家に……」

「いや、それ以上だろう。どうだ」

「ああ、とても信じられない。お気の変らないうちに、すぐお願いいたします」

エル氏は目をこすり、からだじゅうをつねり、四方に頭をさげた。すると、声は言った。

「わしの気は変らない。しかし、おまえのほうは、もう少し考えてから決心するのがいいと思う。乗り移ったからには、死ぬまで離れないのだぞ」

「けっこうです。決してお離れにならないよう、お願いいたします」

「しかし、なにか質問したらどうだ。遠慮しなくていいぞ」

すすめられて、エル氏は少しだけ考えてから言った。口ごもりながら、

「お気にさわるかもしれませんが……」

「かまわない。おまえのほうで断わらない限り、わしの方針は変らない」

「では……。まさか、あとになって魂をよこせとか……」

「安心しろ。悪魔ではなく、福の神だ。わしの興味は、長寿と財産を与えること以外にな

い」

　福の神の声には、べつに気にしたようすもない。エル氏にとって、ほかに質問は思い浮かばない。頭がいささか呆然《ぼうぜん》としていたし、呆然としていなくても、やはり同じことだったろう。

「よくわかりました。決心いたしました。よろしく、お願いいたします」

「では、本当にいいな」

「はい」

　エル氏が答えたとたん、いままでそとから聞こえていた福の神の声が、頭のなかに移った。

「さあ、乗り移ったぞ」

「ありがとうございます。居心地が悪いかもしれませんが、お逃げにならぬよう……」

「そんなことはしない。おまえが死ぬまで離れない約束だ。……さあ、家に帰ろう」

　その指示に従い、エル氏が家に帰る途中、街の曲り角で足が動かなくなった。どうしたのだろう。ふしぎがると同時に、自動車が飛び出してきた。トソきげんの運転手らしく、信号無視の猛スピードだった。

　頭のなかで、福の神がささやいた。

「わしがついていなかったら、少なくとも重傷を負っていたところだ」

「ありがとうございます」

「わしが乗り移ったからには、長寿が保証される。それがわかったろう。食中毒や病気にかかることも、ないぞ」

「ありがとうございます」

ほかに言うべき文句がなかった。この調子ならば、財産のほうも保証されたにちがいない。福の神のやることに、うそはないだろう。

うそでないことは、つぎの日から証明された。朝くらいうちから、頭のなかで、福の神の声が叫びはじめる。

「さあ、起きろ、起きろ」

「もう少し、眠らせて下さい。福の神さま」

「なにをいう。わしの指示に逆らうことは、できないのだ」

むりやりに起こされ、内職をやらされる。休日でなければ、それから会社へ出勤。出社すると、なまけることは許されず、ひとのいやがる仕事を志願しなければならない。

帰宅すると、また各種のアルバイトの仕事が待っている。休日には、もちろん、それが一日中つづく。

貯金はふえ、会社での地位はあがったが、エル氏はいささかねをあげた。

「福の神さま。なにとぞ、お手やわらかに」

「だめだ。そんなことで財産はできぬ」

「しかし、時には酒の一杯ぐらい……」

「いかん。ジュースや酒などは、なくてもすむものだ」

「では、せめて食事のほうを。たまには味のいいものを、食べさせて下さい。これでは、からだがまいってしまいます」

「大丈夫だ。わしがついているからには、病気にはさせない。健康で天寿をまっとうさせることに、責任を持つ」

エル氏はため息をつき、嘆願した。

「それでは、テレビの見物、それがだめなら、ラジオの音楽でも……」

「だめだ、だめだ。わしが福の神であることを、忘れるな。遊びの神では、ないのだぞ。わしがいる限り、金もうけ以外のことは許さない」

「ああ、とんでもないことに、なってしまった……」

しかし、もはや逃げられぬ運命。エル氏は働きつづけ、倹約しつづけ、福の神の指示で投資もつづけた。会社での地位はあがる一方、財産はふえる一方だった。しかし、使うことは許されない。

エル氏は、あきらめなければならない事態であることを知った。しかし、ある時、おそるおそる聞いてみた。

「おかげさまで、財産はふえる一方ですが……」

「そうだろう。わしも今まで、こんなに力を入れたことはない」

「しかし、福の神さま。なにが面白くて、こうまで熱心なのです」

「記録への挑戦だ。われわれ福の神たちは、人間の一生のあいだに、どれくらい財産ができるかについて、腕前をきそいあっている。アール氏の場合には、最初は順調だったのだが、わしが途中で気を抜いて油断したのがいけなかった。しかし、今度は決して力をゆるめないぞ。ゴールに達するまで、全力疾走だ。ほかの福の神たちを恐れ入らせてやる。おまえも、そのつもりでいてくれ。世界新記録の樹立のために……」

暗　示

そばに近づいてきた青年にむかって、エフ博士は、なれた口調で言った。

「あなたはいま、どんなことを気になさっておいでですか。どうぞ、ありのままを、お話しになってください」

この文句は患者をむかえると、ほとんど反射的に口から出てくる。一種のあいさつのようなものだった。エフ博士は暗示療法の分野で、かなりの実力と信用を持つ医者だった。

「ええ……」

青年の口からは、細く弱々しいつぶやきが吐き出された。その表情は、どことなく陰気だった。

「恥ずかしいとか、笑われるのではといった心配をなさらず、遠慮なく、正直に打ちあけてください。それによって、適当な治療ができますから」

「しかし、お話ししても、わかっていただけないのでは……」

青年は少ししゃべりかけたが、途中で口をつぐんだ。しかし、博士は長いあいだの経験で、そのさきを話させるこつを身につけていた。

「それをためらっては、いけません。だれでも自分のこととなると、非常に特異なことのように思いこみやすいものですよ。それに、わたしは、ありとあらゆる患者に接してきました。おれはほかの星の人間だ、と主張する人は多い。未来から来た、という例もあります。宇宙は三角である、という自説をゆずらない人だっていました。ですから、わたしはどんなお話を聞いても、決して驚きません。これが商売なのですから」

「その……」

「ああ、宇宙は三角である、という説をとなえた患者のことですね。三角であっても生活に影響はない、と暗示を与えたら全快しましたよ」

博士は軽く笑った。それにつられてか、青年はやっと本論にはいった。

「じつは、生きているような気がしないのです」

博士は笑いをおさめ、まじめな顔になってうなずいた。

「なるほど、そうでしたか。よくわかりますよ。社会が複雑になると、気苦労が多くなる。ああ、生きてゆくのはつらいことだ。この感情が、心の奥底につもったのでしょう。ビールだって、つぎすぎると泡がこぼれます。感情もあまり蓄積すると、そんな症状を示すことがあります」

「そうでしょうか……」

「そうですとも。さあ、自信をお持ちなさい。そうすれば、そんな妄想《もうそう》など、すぐに消えてしまいます」

「しかし、そう簡単には……。本当に、そう思いこんでいるのです」

「悲観することは、ありません。思いこんでいるからこそ、妄想ですよ。では、さっそく、とりかかりましょう」

エフ博士は、ゆっくりと暗示をかけはじめた。あなたは生きているのですよ。生きているではありませんか……。これを何度もくりかえし、力強く言いきかせた。いままでに多くの患者を扱ってきただけあって、さすがに手なれたものだった。

「どうです。どんな気持ちになりましたか」

と博士が聞くと、青年の声はいくらか活気をおびてきた。

「はい、おかげさまで、生きているのだという、自信がわいてきたようです」

「それは、よかったですね」

「ありがとうございました。では、治療代を持って、すぐに戻ってまいりますから……」

青年は帰りかけた。博士は、代金はついでの時でかまわない、と注意するため、呼びとめようとして……。

そこでエフ博士は、はっとわれに返った。

「夢を見たようだ。椅子《いす》にかけたまま、いつのまにか眠ってしまったらしい」

あたりには暗く闇《やみ》がただよい、涼しい空気が窓から流れこんでいた。しかし、この部屋はいつもの診察室でも、また自宅でもなかった。

ここは山奥の小さな旅館。博士は多忙な仕事のなかで、数日のひまを作り、避暑をかねた

休養に来たのだった。

「せっかく出かけてきたのに、ここでも仕事の夢を見るとは……」

エフ博士はひとりごとを言い、苦笑《にがわら》いをした。そして、スイッチを押して電灯をつけ、ウイスキーを口にしたが、やがて首をかしげた。

夢にしては、いやにはっきりしていた。それに、だれかがそばに来たけはいを、たしかに感じた。ほかの部屋の客が、寝ぼけて入ってきたのだろうか。それとも……。

博士は電話で、旅館の主人を呼んだ。

「夜おそくに手数をかけるが、ちょっと来てほしい。うとうとしたあいだに、だれかが部屋に入ってきたような気がした。泥棒ではないだろうな」

「泥棒ですって……」

と、主人はあたふたとやってきたが、すぐ、そのことを打ち消した。

「泥棒では、ないようです。ドアには鍵《かぎ》がかかっていました。窓は、人の出入りができる大きさではありません」

「うむ。なにも盗まれてはいないようだ。しかし、人のけはいが、あまりにもはっきりしていた」

「いったい、どんな感じでしたか」

「さあ、陰気な若い男だったようだが……」

博士の答で、主人は少し青くなった。

「ま、まさか」

「まさか、とはどういう意味だね。なにか心当りでも」

「はい。ちょっとしたことです」

「説明してもらいたいな」

主人は気の進まないようすだったが、黙ったままでいることもできない。

「幽霊なのです」

「そんなものが存在するとは、思えないが。また、もし本当に出るのだったら、もっと、うわさがひろまっていそうなものだ」

博士は質問し、主人は恐縮しながら、そのわけを言った。

「幽霊に、まちがいありません。この部屋におとまりのお客さまから、いままでに二度ほど、そのような文句が出ました。それ以来、ずっとこの部屋を使わなかったのです。そのため、あまり評判にもならなかったわけです」

「そんな部屋に、わたしを案内したのか」

「もう大丈夫だろうと思い、また、このところお客さまが多すぎましたので、つい……。まことに申しわけございません」

主人は頭をさげた。こうあやまられては、あまり怒ることもできない。それに、主人のまじめな口調が、エフ博士の好奇心を刺激した。

「しかし、なんで、そんな幽霊が出るのだろう」

「はい、こうなったからには、全部お話しいたします。その青年は、三年ほど前にこの部屋におとまりになったかたです。生きる望みを失ったとかで、自殺なさってしまいました」

「この部屋でか」

と、博士は顔をしかめながら、あたりを見まわした。だが、主人は首をふって、窓のそとの闇を指しながら答えた。

「この部屋ではありません。少しはなれたところの、湖水に身を投げたのです」

「死んだのだろうな」

「おそらく、そうでしょう。幽霊の出はじめたのが、その時期を境にしてですから。湖のそばには、遺書と靴《くつ》とが残っていました。しかし、死体の発見はできなかった。たぶん湖の水底のほうで、藻《も》にひっかかっているのでしょう。いまでも……」

「そうか。気の毒な話だな……」

と、なにげなく博士はあいづちを打ったが、ふいに指を口に当て、小声で言った。

「……あの音はなんだろう」

「音ですって、さあ……」

主人もエフ博士にならって、耳をすました。

かすかな、聞いたこともない音が、どこからともなく伝わってくる。それは少しずつ大きくなりながら、数秒ほどのあいだをおいて、ゆっくりとくりかえされていた。

その音はさらに近づいて、旅館の廊下に移ったらしく、微細な特徴をききわけられるほどになった。ちょうど長いあいだ水にでもつかっていて、やわらかくなったものが、しずくをたらしながら、力をふりしぼって歩いているような音。

しかし、その音はドアのそとあたりに来た時に消え、いくら待っても、もはや二度と聞こえなかった。

そのかわり、耳をおおいたくなるというほか、どうにも形容のしようがない、ノックの音が……。

アフターサービス

ある日。

小さなカバンを手にした青年が、画家として有名なエム氏の家を訪れた。

「ごめん下さい。長くはおじゃましません。重要かつ有益なお話を、ちょっと、お知らせにまいっただけでございます」

その事務的な礼儀正しさを見て、エム氏は機先を制して言い渡した。

「せっかくだが、生命保険には入っている。別荘は持っている。健康器具は、買わされたばかりだ」

「いいえ、そんなものではありません。お悩みごとの、解決法をお持ちしたのでございます」

「悩みなどはない。からだは健康だ。作品は好評で、収入も充分。金に不自由はない」

「それは、わかっております。もっとべつなこと。頭についての問題でございます」

「失礼なことを言うな。頭は正常だ。大学教授にくらべれば、知能は少しぐらい劣るかもしれない。だが、芸術とは関係のないことだ」

「それも、よく存じております。頭のなかのことではありません。おかぶりになっておいでのベレー帽と、頭との中間の存在についてでして……」

それを聞いて、エム氏は顔をしかめた。彼の画風は精密さを特徴としていたが、毛髪のほうはそれに反して粗雑であり、つねづね気にしていた。

「ますます失礼だ。髪の毛の薄くなったのを、わざわざからかいに来たのか。いいかげんで帰ってくれ」

「まあまあ、ご立腹なさらぬよう、誤解なさらぬよう、お願いいたします。じつは、すばらしい発毛剤を、お持ちしたのですから」

青年はカバンをあけ、緑色の液体の入った小さなビンを取り出した。エム氏はそれを手にし、ラベルを見た。

「そうだったのか。しかし、発毛剤はいろいろ使ってみたが、感激するような品には、まだ

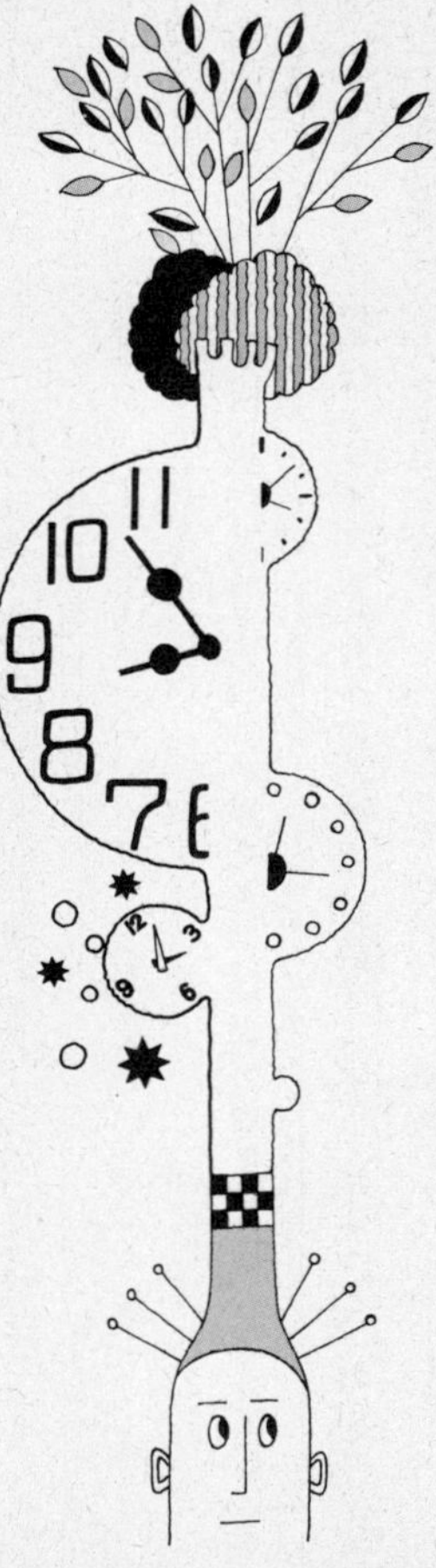

めぐりあっていない。これからも同様だろう。第一、聞いたこともない名前の製品だ」

「それは、テレビなどで、大衆への宣伝をしていないからです。ききめはたしかなのですが、残念ながら非常に高価な品です。そのため、限られた上流階級のかただけを選んで訪問し、お買いいただいているのです」

上流階級という言葉で、エム氏は少しいい気分になった。その機をのがさず、青年はしゃべりはじめた。

「当社では、いままでとちがったアイデアを開発し、成功し、特許をとりました。むずかしい学術的な説明は省きますが、簡単に申しますと、毛髪という植物のタネを、皮膚という畑にまく、という原理なのです」

「なるほど。はじめて耳にする発明だな。よく液を見ると、緑色の小さな粒が無数に入っている。これが、その毛髪のタネというわけだな。あるいは効くかもしれない。よし、使ってみよう。サンプルを、そこへおいていってくれ」

「そうはまいりません。サンプルだけで毛髪がはえてしまいますから、当社の営業になりません。お買いいただかないことには……」

「うまいことを言うが、その手には乗らない。買ったはいいが、だめだった。よくある手だぞ。信用できない」

「ご心配は、ごもっともです。これが保証書。たちどころに、ふさふさした髪になり、すぐ抜けるようなことはありません。一週間たって、以上の効能を示さない場合には、代金をおかえしいたします」

エム氏はその書類を検討したが、一流銀行の支払い保証もあり、まちがいなさそうだ。これならば、ためしてみても損はない。

「では、買うことにするか。しかし、それにしても、ずいぶんと高価だな」

「でございますから、限られた上流階級のかただけに……」

「わかった、わかった。で、使用法は」

「筆でお塗り下さい。指先など不必要な個所につけないよう、ご注意を。では、一週間後にまた、まいります。責任あるアフターサービスが、当社の方針でございます」


一週間後。

「ごめん下さい。いかがでしょうか」

と、やってきたセールスマンの青年を、エム氏は喜びの声で迎えた。

「すばらしい。夢のようだ。高価だったが、それだけのことはあった。頭いちめんに、もう、一センチほど伸びてきた。驚異的な効果、科学の勝利……」

「ご満足いただけて、ほっとしました」

「しかし、緑色をしている。ぜいたくを言うつもりはないが、気になるな」

「はい。なにしろ植物性の毛髪ですから、そうなります。もっとも、これを黒く、お好みによっては白く染める専用の薬品がここにありますが、いささか高価ですので……」

「かまわん。黒く染めるほうを売ってくれ」

「高価で申しわけありませんが、保証書つきです。染まらないようでしたら、代金はお返しいたします」

「その点は信用している」

「こんご定期的にお届けするよう、さっそく手配します。では、また一週間後に、アフターサービスのためにまいります」


二週間後。

「ごめん下さいませ。いかがでしょうか」

「すばらしい。夢のようだ。本物以上につやのある黒さに染まった。また、本物以上に伸び方も早い。驚異的な効果、科学の勝利……」

「ご満足いただけて、ほっとしました」

「しかし、ぜいたくを言うつもりはないが、伸びる方角がばらばらのようだな」

「植物性ですのでね。普通に市販されているポマードでは、それを押えられませんが、当社特製の、特許をとったポマードなら、そろえることができるのです。しかし、申しあげにくいことには、いささか高価ですので……」

「かまわん。ここまで来て、金を惜しむことはない。定期的に配達するよう、手配をたのむ」

「はい。ありがとうございます。これも保証書つきです。万一……」

「わかっている。信頼しているよ」

「では、また一週間後に、アフターサービスのためにまいります」


三週間後。

「ごめん下さいませ。いかがでしょうか」

「すばらしい。夢のようだ。この頭を見てくれ。生れ変ったようだ。おととい、理髪店に出かけた。理髪店で髪を刈らせる気分を味わうのは、何年ぶりだろう。じつに、いいものだ。驚異的な効果、科学の勝利……」

「ご満足いただけて、ほっとしました」

「しかし、ぜいたくを言うつもりはないが、おととい刈ったのに、もうこんなに伸びてしまった。この調子だと、理髪店に足しげく通わなければならないな」

「植物性ですので、いたしかたありません。しかし、当社はお客さま本位。いただくべき費用以上に、ご負担はおかけしない方針でございます」

「なにか方法があるのか」

「はい。当社で設計、製作いたしました自動理髪機です。個人の頭の形、および髪型にあわせた部分品を必要としますので、一般の理髪店むきではありませんが……」

「普通の伸びの毛髪なら、理髪店もお客も割にあわない、というわけだな」

「はい。不経済なのです。しかし、一日おきに髪をお刈りになるのですから、こちらさまのほうでは、たちまち回収のつく計算でしょう」

「それを買おう。保証つきだろうな」

「もちろんです。ちょっと、頭の写真を撮影いたします。理髪機は明日、お届けしましょう。では、また一週間後に、アフターサービスのためにまいります」


四週間後。

「ごめん下さいませ。いかがでしょうか」

「驚異的だ。夢のようだ。悲鳴をあげたいくらいだ」

「ご満足の、うれしい悲鳴でございましょう」

「いや、悪夢による、悲しい悲鳴だ。たえず染めつづけ、ポマードをつけつづけだ。金がかかって、どうしようもない。それに、自動理髪機で一日おきの散髪だ。時間がかかってならないし、画を描くための、写生旅行にも行けない。収入も減りはじめた。このままだと、破産してしまう」

「それは、お気の毒です」

「なんとかしたいと考えて、各種の脱毛剤をつけてみた。どれも効果がない」

「植物性ですので、そうなります」

「なにか方法は、ないものだろうか」

「当社で研究し、特許をとった専用の脱毛剤があります。これをおつけになれば、脱毛できること、保証つきです」

「たのむ。それを売ってくれ。いくら高価でもかまわない」

「はい。お買い上げ、ありがとうございます。では、また一週間後に、アフターサービスのためにまいります」


五週間後。

「ごめん下さいませ。いかがでしょうか」

「すばらしい。夢のようだ。完全に脱毛でき、もとに戻った。生き返ったような気分だ。おかげで破産しないですんだ。驚異的な効果、科学の勝利……」

「ご満足いただけて、ほっとしました」

「しかし、いま気のついたことだが、ひとつだけ、ふしぎでならないことがあるぞ」

「なんでしょうか」

「あれだけ効果の確実な、きみの社の製品だ。きみだって、自信を持っているわけだろう」

「はい。もちろんで……」

「それだったら、なにも、きょう来る用事も必要もないはずだが」

「いえ、そうではありません。例の自動理髪機ですが、もしお使いにならないのでしたら、四分の一ほどの値段でお引き取りしてもいいのですが」

「そうだったのか。それはありがたい。毛髪がなくなったのだ。使うわけがないだろう。いま、捨てようとしていたところだった。なんという、すばらしい、夢のような、良心的な営業方針だろう」

「はい。どなたさまも、そうおっしゃって下さいます。当社のアフターサービスの完全さについて……」

沈滞の時代

どんな活動家も、眠らないでいることはできない。激しい労働のあとは当然、休息が必要となる。熱狂のあとには、くつろぎが訪れてくるものだ。

危険と背中あわせになりながら、あまりにも急速に科学を進歩させた時代につづき、しばらくのあいだ、世界は沈滞の時代にはいった。

人びとは味のいい、そして極度に安く生産される合成食料を食べ、のんびりと暮していた。衣食住の保証がはっきりとすれば、みな一応のんびりとしてくる。

だれひとり、知識を豊富にし、向上をはかろうなどといった殊勝な、あるいはばかげた考えを持とうとしなかった。

どの分野も、退歩はあっても進歩はまったく見られなかった。いや、正確にいえば一つだけあった。娯楽に関することだけが、いくらか進歩していた。それも、進歩というより、変化と呼ぶほうが適当だった。競争心や金銭欲の薄れた時代では、娯楽の形もそれに応じたものになる。

要するに、平穏の一語につきる世の中だった。

しかし、完全無欠な平和というわけではない。一カ所だけだが、ほかとくらべて緊張のみなぎっている場所があった。

都会の中心にある一つのビル。その標札には「吸血鬼対策本部」と記されてある。部長室では目つきの鋭い男が、椅子にかけている。多くの若い部員たちが、昼夜交代で勤務していた。倉庫にはニンニク、十字架、先のとがった木の棒などのストックが。また、中庭の温室には、バラの花が四季を問わず咲いていた。いずれも、吸血鬼に立ちむかうための武器だ。

といっても、現実に吸血鬼がどこかに出現し、世界を占有しようとしている動きがあるのではなかった。災害は忘れられた時に来るかもしれない、備えあれば憂いなし、といった状態だった。

郊外の演習場で絶えず行われている、部員たちの訓練はきびしかった。

まず、さりげなく相手に、バラの花を手渡す。それがしおれれば、吸血鬼とはっきりするのだ。つぎはニンニクをいっせいにぶつけ、相手をひるませる。そして、逃げないように十字架を手にした部員が取りかこみ、最後に最も勇敢な部員が接近し、とがった木の棒で胸をつらぬくのだ。ただちにガソリンがかけられ、焼きつくされる。

訓練は、時には市内でも行われた。実戦さながらの勢い。なにしろ、やりそこなったら、おそるべき事態になってしまう。みな真剣だったし、任務に疑問を抱く者はなかった。

娯楽への欲求の、ひとつのあらわれではないかと思う人があるかもしれない。だが、そうではなかった。吸血鬼対策本部が設置されたのは、だいぶまえ、一個のタイムカプセルが掘り出された時にはじまる。

　なかには、吸血鬼の存在についての論文が入っていた。その内容が公表されるや、人びとの恐怖は高まった。

「人間そっくりの形をしていて、外見だけでは見わけがつかない。昼間は眠っていて、暗くなると出現し、首筋にかみついて血を吸うのだそうだ」

「しかも、吸われた者は、同じような吸血鬼になってしまうという話だ」

「なんという、恐ろしいことだろう」

　恐怖とは、存在していない場合に一段と高まる。いつ、どこから、どんな形で出現してくるのか、まるで見当がつかないからだ。

　しかし、幸いなことに、その論文には判別法と退治法とが記されてあった。人びとは予算と、対策本部を作る必要をみとめた。

　本部は定期的に、全人口について検査をくりかえした。だが、これも幸いなことに、手にしただけで、たちまちバラをしおれさせる人間は発生しなかった。もし、ひとりでも出たら、中世の魔女裁判に似た混乱が再現したかもしれない。

　だからといって、もちろん一刻も警戒のゆるむことはなかった。パトロール隊は、各地をたえず巡回していた。

　ひと昔まえであれば、はたして吸血鬼が存在するのであろうかとの疑問を持つ者が現れ、図書館へ行ったりし、古い記録を調べたかもしれない。

そして、吸血鬼への妄執《もうしゅう》にとりつかれたある男が、その存在についての論文を書き、だれも認めてくれないので、後世の批判にまつと叫び、タイムカプセルに入れて埋めたという新聞記事を発見したかもしれない。

しかし、図書館は閉鎖されたままで、だれも訪れる者がなかった。それに、カプセルから出た論文は、迫力があり、真にせまっていた。百科辞典の吸血鬼の項をひいた者があったとしても、その無味乾燥なそっけなさとは、くらべものにならなかった。

かくして、吸血鬼についての緊張だけは休むことなくつづいていた。全責任をおわされた対策本部の部長は、パトロール隊からの連絡のたびに、ひや汗を流した。

電話のベルが鳴り、部長は受話器を手にした。

「パトロール隊より報告」

「どうだ。異状はないだろうな」

「そうではありません。異状ありです」

報告の声はうわずっていて、ただごとではなかった。それにつれ、部長もせきこんで聞いた。

「どうしたのだ」

「発見しました。吸血鬼と思われます」

「よし、すぐ応援隊を派遣する。場所はどこだ」

「五〇三地区です。かつてなにかの研究所だったと思われる、古ぼけたビルの地下室です」

ただちに、警報のサイレンが鳴りひびく。だれもがどきりとはしたものの、日ごろの訓練は完全だった。部員たちは集合し、それぞれの武器を持ち、現場へと急行した。

部長は先頭に立ち、パトロール隊に案内され、問題のビルの地下室にむかった。薄暗く、異様なにおいがただよい、吸血鬼のかくれ家《が》にふさわしく思えた。

照明がむけられ、そこにあるものを見て、みんな息をのんだ。

「あっ。これにちがいない」

透明な細長い箱があり、なかには人が横たわっていた。だが、死んでいるのではなさそうだ。血色がよく、いまにも起きて動きそうな印象だった。しかも、それがひとつではなく、いくつも……。

部長は声をたてず、指で合図し、部下に第一の行動を命じた。部下はその透明なおおいに穴をあけ、バラの花を入れた。バラの花は、徐々にしおれていった。ぞっとするような冷たい空気が流れ、恐怖のあまり気を失う部下もでた。書棚《しょだな》が倒れ、書類が散乱した。なかには「人工冬眠に関する研究」などという標題で、箱の内部は植物をしおれさすほどの低温に保たれている、という記録のページもあったかもしれないが、それを見るどころのさわぎではなかった。

「吸血鬼と確認。かかれ」

部長は、ひるむことなく命じた。部下たちは、統制ある行動に移った。ニンニクがあたりに投げつけられ、そのなかを十字架を握った一隊が進み、包囲線を形成した。とがった棒を手にした部下たちは、箱に飛びかかり、透明なおおいの上から、力一杯に打ちこんだ。訓練の成果により、心臓を直撃した。

血が飛び散るなかで、攻撃は完了し、放火班があとかたもなく焼き払った。そのあとシャワーをあび、血と汗とを徹底的に洗い流し終り、吸血鬼対策部員たちは、はじめてほっとした。

「無我夢中だったが、なんとか退治できた」

「ああ、論文にあった通りだな。しかし、被害がひろまる以前に食いとめることができ、われわれの責任もはたせたことになる」

「それにしても、おれは、あの吸血鬼たちの顔が忘れられない。死んでいるような、眠っているような、それでいて薄笑いをみな浮かべていた。気持ちのわるい……」

退治した吸血鬼のなかに、ひときわ薄笑いのはなはだしいのがあったかもしれない。それが、タイムカプセルに論文を入れた男で、未来に目覚めて、こんどこそ自己の主張をみとめさせてやるという、妄執を夢見ていたのかもしれない。

しかし、いまさら調べようのないことだったし、だれにとっても、どうでもいいことだった。

ある戦い

鋭いうなり声をあげ、大気を切り裂きながら、宇宙からのミサイルが郊外に落下した。つづいて、もう一発。爆発は激しい地ひびきをあたりに伝え、土砂を吹きあげる。

もはや、時間の問題と思われた。まもなく、都市にも命中しはじめるだろう。そうなったら、なにもかも終り。長い歴史を誇る地球は、すべて荒廃だ。たとえ残るものがあったとしても、それは敵の戦利品としてだ。

防衛本部のあるビルのなかで、司令官が大声をあげた。

「おい。なにかいい案はないか。このままでは、祖先から受けついできた文明が、まったく破壊されてしまう。断固として守りぬくのが、われわれの義務だ」

しかし、部下たちはみな、同じように答えた。

「どうも、いい考えが浮かびません」

宇宙からの攻撃は、あまりにも突然だった。それに、あまりにも長く平和がつづきすぎていた。太陽系外からの侵入軍は、宇宙船をつらねて来襲し、たちまち火星の基地を占領した。そして、月の基地も。

もちろん、わが地球側もある程度の応戦はした。しかし、それは、ほとんど効果をあげなかった。敵の発射するミサイルは、何発かに一発の割で地球の宇宙船に命中したが、地球側のミサイルは決して敵に命中しない。巧みに身をかわされてしまうのだ。

身をかわした敵を追いつづけるようにミサイルを改良し、大量生産をすればいいのだが、それには時間的にまにあわない。地球側は退却する一方だった。

いまや敵の宇宙船隊は、地球の上空に集結し、総攻撃に移ろうとしている。

「おい。なにか適切な作戦計画はないか」

「考えつきません」

さっきと同じような問答が、意味もなくくりかえされた。

その時、またも敵のミサイルが落下した。今度の命中地点は、いくらか近くなったらしく、ビルは大きく揺れた。土煙りのなかを飛び散る小石は、窓ガラスを破った。そして、室内になだれこんできた。

みなは床になぎ倒され、ころがりながら声をかけあった。

「大丈夫か」

「大丈夫です」

「敵のねらいは、しだいに近くなってくる。どうしたものだろう」

「わかりません」

たしかに、こうなっては手の打ちようがなかった。

しかし、いちおう爆風はおさまり、みなは乱れた椅子や机を起し、地図や書類を集め、小石をそとへ捨てはじめた。だが、小石にまざって、部屋のすみに見なれない物があるのが発見された。金属でできた筒のような品だった。

「妙なものが、飛びこんでいました」

部下がこういいながら手を伸ばしかけたのを、司令官が制した。

「待て、危ないぞ、敵の兵器の一種かもしれない」

「いえ。そうではなさそうです。兵器なら、飛びこんできたとたんに爆発したはず。それに、地球の文字が書いてあります」

泥にまみれ、相当に腐食はしていたが、ところどころに地球の古い文字が刻まれているのを、読みとることができた。おそらく、長いあいだ地下に埋まっていたものが、いまの爆発で吹きあげられ、ここに飛びこんできたのだろう。

「捨ててしまいましょうか」

と部下が聞いたが、司令官は答えた。

「なかを調べてみよう。作戦の検討をつづけてみたところで、どうせ、いい案が浮かぶわけでもないし」

筒のふたはさびついていたが、力の強い部下がなんとかこじあけた。なかには、古い文書が入っていた。

「おい。だれか、古代語の読める者はいないか」

机の上にひろげられた文書を眺め、司令官が言った。すると、部下のひとりが進み出た。

「自分に読めると思います。かつて図書館で、古代語の文法書と辞書に、ひととおり目を通したことがありますから」

「そうか、それはちょうどいい。意味を説明してくれ」

「はい。こう書いてあります。……未来における非常の場合のために、これを書き残す。宇宙戦争の必勝の作戦……」

「おい、本当か。うそではないだろうな。あまりに話がうますぎる」

司令官をはじめ、ほかの者は身を乗り出し、目を輝かせた。

「本当です。なんでしたら、一語ずつ説明いたしましょうか」

「いや、そんなひまはない。早く、そのさきを読んでくれ」

文書の解読はつづけられた。

「……世の中には、宇宙人が来襲しても大気中の細菌のため自滅するとか、塩をかければとけるだろうとか、われわれを見てその醜さに卒倒するだろうとか、ちょっと気のきいた説をとなえる者があるが、まことになげかわしい。そんな現象は、小説のなかでしか起らない。真の戦いとは、そんなものではない……」

みなはうなずいた。またもどこかでミサイルが爆発し、爆風が吹き抜けていった。

「……勝つか負けるかの場合には、体当りの精神以外に、勝利への道はない。爆弾もろとも敵にぶつかる。一機もって一艦をほうむるのである……」

土煙りが窓から流れこみ、古ぼけた文書を引きちぎっていった。だが、これだけで充分だった。

だれもが黙り、しばらくは静かだった。だれの頭にもなかった戦法を、はっきりと示されたのだ。やがて、司令官が大きくうなずいて言った。

「うむ。いままで、なぜ、こんな方法を考えつかなかったのだろう」

「はい。われながら、いやになりました。こんなに簡単な算術に、気がつかなかったのですから」

司令官は、命令を下した。

「こうなったからには、ぐずぐずしてはいられない。残った宇宙船を総動員し、残った爆薬を満載する。そして、敵にむかうのだ。わたしが指揮をとる」

「いえ、自分が乗ります」

部下たちは争って志願し、その整理のほうが大変だった。しかし、そんな整理に時間を費しているひまはなく、くじ引きできめられた。

同時に、全世界へむけて緊急連絡がとられ、この戦法が伝達された。どこの基地でも、反対者がないばかりか、志願者が多すぎる状態だった。その混乱を静めるため、くじ引きという方法を、追っかけて連絡しなければならなかった。

まもなく態勢が整い、敵のミサイルが爆発するなかを、一機また一機と飛び立っていった。

戦果は驚異的だった。敵は油断し、いままでと同じように、身をかわしさえすればいいものと思いこんでいたらしい。だが、そうはいかなかった。身をかわされても、わが宇宙船はそれを追い、ついには追いつく。

暗黒の空間に、つぎつぎと大爆発がおこり、敵は減る一方だった。太陽系外へと逃走をはじめるのもあったが、地球側は争ってそれを追い、全滅させた。逃げきれた相手は、ひとつもなかった。

「やれやれ、やっと勝つことができた。一時は、どうなることかと思ったが」

みなは戦いをかえりみながら、話しあった。

「それにしても、なんで、あんな簡単な戦法に気がつかなかったのだろう。もっと早く知りさえしていれば、損害が少なくてすんだのに」

「それは仕方ないよ。どの図書館にも、あの戦法をしるした本が残っていなかったのだから。あるいは、過去のある時期に思想統制がおこなわれ、すべて抹消《まっしょう》されたのかもしれない」

「いずれにせよ、あのタイムカプセルが出現してくれて助かった。おかげで、貴重なる地球の文明を、守りぬくことができたのだから。どんな祖先が、あの文章を書いたのだろうか。いまでは知りようがないが、きっと、思想統制に反抗した、自由主義者だったのだろうな」

勝利をおさめたとはいうものの、地上の破壊もすさまじかった。まず、ほうぼうに倒れている戦友たちを収容しなければならない。これは、あまり楽な仕事ではないのだ。油まみれになってもげている首や手足を拾い、腹からこぼれている歯車、ネジ、電線、それに細かな電子部品などを集めて回らなければならないのだから。

おみやげを持って

ニール星への宇宙旅行は、大きな犠牲のうえになされた。

なにしろ、はじめての恒星間飛行なのだ。あらゆる科学技術の最先端を結集し、巨額な資金をつぎこんで宇宙船が作られた。

また、その乗員たちも、一種の宿命をせおわなければならなかった。光速に近い速力で往復するため、地球に帰還する時が、大変な未来になってしまうのだ。おとぎ話の浦島太郎のように、本人はとしをとらなくても、故郷では長い歳月が過ぎ去っている。そんな現象を、覚悟しなければならない。

しかし、勇気と、未知の世界へのあこがれと、強い知的好奇心の持ち主である青年たちがそれを望み、宇宙のかなたへと出発していった。

苦難にみちた旅ではあったが、いっぽう、予期した以上の成果をおさめた。ニール星の太陽のまわりには、いくつもの惑星があり、そのひとつには、高度の文明を持った住民たちがいた。しかも、幸いなことに平和的な住民であり、なんとか意志の疎通をはかることができた。

地球とはまったくちがった、独自に発達した文明。特異な宗教、特異な哲学。また、論理学、社会学なども特異なものだった。これらは地球人にとって、じつに貴重な収穫といえた。

しかし、どれにもまして、驚くべきおみやげは、その特異な科学がうみ出した、不死の秘法だった。若さと寿命とを、無限に延長することができる。

といっても、住民たちがみな、その不死を楽しんでいるのではなかった。適当なだけ生きると、自己の意志で死ぬ。つまり、生きるのにあきて死ぬのだ。特異な宗教、哲学などを持っているのは、そのためだった。

あきないうちに、いやいやながら死ななければならない地球人にとって、これほどうらやましいことはない。

住民たちは惜しげもなく、その秘法を教えてくれた。まず、すべての乗員たちにその秘法をほどこしてくれたし、さらに、かんでふくめるように説明してくれた。もっとも、こうなっては秘法と呼べないかもしれないが……。

かくして、宇宙船は地球への帰途についた。

「たいへんな成果だ。みな、どんなに喜んでくれるだろう。留守中に、地球では相当な年月がたち、学問もずいぶん進んではいるだろうが、われわれの持ち帰る資料には及ぶまい」

広く静かな虚空《こくう》のなかを、鋭い矢のように飛びつづける宇宙船のなかで、だれもが楽しげに話しあった。

「ああ、そうにきまっているさ。しかし、あの住民たちは、本当に気前のいい連中だったな。第二次の宇宙船が出かける時には、なにかお礼を持って行くようにしなければ」

「そんなことを言っても、地球から贈る物は、なさそうだぞ。考えてみろ。せいぜい、殺人と自殺の秘法をまとめた一覧表ぐらいだろう」

「あるいは、住民たちが、それを大喜びするかもしれないな」

冗談も、つぎつぎとわきあがった。だが、宇宙船のなかは、望郷の念が支配していた。行きつくまでの旅行は、未知への期待がすべてを圧倒している。しかし、目的をはたした帰りの旅は、ほかに考えることのあるはずがない。

「早く帰りつきたいものだ。出発の時に、地球がこんなになつかしい場所とは、少しも思わなかったが」

「それは、だれでも同じことさ。おれもいま、地球の空気の味を思い出しているところだ。その味が、いやに鮮やかに心に浮かぶ。肺のなかに唾液《だえき》がでてくるようだ」

宇宙船は、故郷へとむかって、少しずつ距離をせばめつづけていた。

その時。レーダー室から、船長に報告がもたらされた。

「前方に、なにか小さなものが、ただよっています」

「隕石《いんせき》だろう」

「いや。よく観察すると、金属でできた人工物のようです」

「そうか。では拾ってみろ」

「はい」

船長の命令により、宇宙船の外部に強力な磁場が作られた。その金属性の物体は引きよせ

られ、宇宙船に接着した。そして、内部へともたらされた。

「なんだろう。金属製の筒のようだが」

手に持って振ってみると、軽く音がする。なにかが入っているようだ。

「あけてみろ」

金属切断器を当てると、簡単にふたを外すことができた。みなは争ってのぞきこみ、歓声をあげた。

意外なことに、なつかしい地球の品々が出てきたのだ。エハガキ、チューインガム、雑誌などが。地球のにおいがほのかに立ちのぼり、だれもが思いきり深呼吸をした。

「きっと、われわれへの慰問品にちがいない」

「しかし、計算してみると、われわれが出発して以来、長い年月がたっている。こんな品物を集めるのは、大変なことだろう」

「あるいは、博物館などから集めたのかもしれない。それだけに、われわれにとっては、涙の出るほどうれしい」

チューインガムの味は、濃縮されたなつかしさで、舌の上が焼けるようだった。エハガキは目の底を焼くようだった。海、山、平野、また、見あきてしまった乗員たち以外の人物の顔。そして、雑誌の活字は、心の奥をくすぐるようだった。忘れることのできない、地球の人びと。欠点だらけながら、それだけに、一段と親しみのある地球の人びと。乗員たちは順番をきめ、雑誌を回覧し、夢中になった。

そのうち乗員のなかでも割合に年長なひとりが、ふしぎそうな声をあげた。

「うむ。これらの雑誌は、おれが子供のころに読んだような気がする」

「それなら、思い出ぶかいものだね」

「ああ、それはそうだ。だが、どの雑誌も記憶に残っているとすると……」

その気がかりな声を、他の者がとがめた。

「いったい、どうしたんです。ホームシックが高まって、異常をきたしたのではないでしょうね」

「そんなことではない。そうだ。品物が入っていた容器を見せてくれ」

古ぼけた金属の筒が渡された。彼は筒をなでまわし、かすかに残っている文字を読み、表面の傷を見つめた。表情は青ざめる一方だった。

ただごとではないようすに、みなは問いかけた。

「なにを考えているのだ。気にすることは、ないはずだぜ。われわれは、不死のからだを得ている。地球もまもなくだ。もちろん、時代がたっていて、感覚のずれはあるだろう。だが、なにすぐ追いつくさ、なにしろ、不死なのだからな」

しかし、彼はいっこうに元気づかなかった。筒を手に抱いたまま、つぶやくように言った。

「思い出したぞ。おれが子供のころ、友だちといっしょに埋めたタイムカプセルが、これなのだ」

タイムカプセルを知らないひとりが聞いた。

「なんなのです、それは」

「地中に深く埋め、未来へ贈り物とするためのものなのだ。それが、こんな所をただよっているとすると」

なにを想像したのか、彼は口をつぐんだ。いや、口をつぐんだのではなく、口がきけなくなっていた。みなは可能な限りの手当てを試みた。だが、効果は少しもなかった。

「どうしたのだろう。まるで、わけがわからない。とつぜん発狂してしまうとは」

「なつかしさが、急に高まったせいかもしれない。しかし、まもなく地球へ帰れるのだ。ゆっくり治療をすればいい」

「ああ、なにしろ、不死なのだから、どんな気ながな治療だってできる」

宇宙船のなかの興奮は、地球がさらに近づくにつれ、激しくなる一方だった。どんな歓迎を受けるだろう。きっと天国からの天使のように、ありがたがられるにちがいない。

しかし、宇宙船が太陽系に接近し、速力を落しはじめてまもなく、口のきけなくなる症状は、乗員全部にひろがった。

発狂の原因を、それぞれの目で、はっきりと見たのだから。いや、見たといっては正確でない。見ることができなかった、と称すべきだろう。どんな原因かは知るべくもなかったが、こなごなになって発散した地球はあとかたもなく、帰るべき故郷が……。

指導

大金を手に入れたくなったエフ氏は、犯罪以外には方法のないらしいことをさとった。だが、個人の住宅に押し入るのも、気の毒だ。といって、銀行を襲うにはひとりでは無理。いろいろ考えたあげく、デパート荒しなどが適当だろうと思いついた。

しかし、どうやったものか、まるで見当がつかない。入門書など、あるわけがない。だれかが内密で、ていねいに、しかも安く指導してくれればいいのだが……。

あれこれ頭をひねると、名案が浮かんできた。彼はさっそく実行に移す。

エフ氏は死者の霊魂を呼び出す能力を持つという、評判の高い霊媒を訪れた。その霊媒は、いくらか妖気《ようき》のただよう、中年のふとった女性だった。彼女は神棚《かみだな》か仏壇のようなものの前にすわっていて、エフ氏に話しかけてきた。

「ところで、どんな人の霊魂をお呼びしましょうか」

「じつは、デパート荒しの経験者……」

「それはまた、変ったご希望ですね」

霊媒はふしぎがり、彼はごまかした。

「ええ、その、わたしは犯罪史の研究をしています。その資料を集めるために……」

それでなっとくしたのか、霊媒はとりかかってくれた。呪文《じゆもん》を唱え、からだを振って祈りつづけた。そのうちに無我の境地に入ったらしく、彼女はうわごとのように口をきいた。たしかに霊魂が乗り移ったとみえ、男の声だった。

「おれに、なにか用なのか」

それを聞いてエフ氏は喜び、おそるおそる言った。

「はい。デパート荒しのご指導を、お願いしたいのです」

「妙な願いだな。だが、こう呼び出してもらえたのは、死者にとってうれしいことだ。教えてやってもいいぞ」

「ありがとうございます。さっそくですが、どこのデパートをねらったものでしょう」

「Rデパートはどうだ。あの店のようすは、よく知っている」

「では、それにいたしましょう。で、第一段階は……」

「まず、閉店まぎわに店に入り、家具売場にゆく。お客も店員も、帰る時刻で、そわそわしている。そのすきを見て、ベッドの下にもぐりこみ、かくれるのだ」

「はい」

とエフ氏は手帳を出し、要点を書きとめた。

「そして夜になるのを待ち、宝石売場に出かけて盗む。あらかじめよく調べて、どのケースのが高級品かを知っておかないと、損をすることになるぞ」

「はい。しかし、警備員が巡回にやってきたら、どうしましょう」

「その時は、すかさずマネキン人形のまねをするのだ。だから、その練習もしておくこと。シャックリどころか、身動きひとつしてはだめだ。これで警備員をやりすごす」

「楽なことではなさそうですが、練習しましょう。それから逃げ出す手段については……」

「二階の窓をあける。そこから出て建物の外側をつたって少し動くと、街灯がある。それで地面におりればいい」

「はい。いろいろとありがとうございました」

デパート荒しの霊魂との会話は、これで終った。霊媒はもとの状態にもどり、エフ氏に聞いた。

「お役に立つようなお話が、できましたか」

いまの会話を、霊媒自身は記憶していないのだ。この点がエフ氏のつけ目だ。霊媒が警察に密告することはない。また、霊魂があとで「おれが教えた」と言いふらすことも、考えられない。エフ氏は金を包んで差し出し、

「はい。いろいろとありがとうございました」

と、お礼をのべて引きあげた。霊魂に言ったのと同じ文句だったことに気がつき、口もとに笑いがこみあげてきた。

かくして、準備をととのえ、エフ氏は仕事にとりかかった。霊魂の指示どおり、なにもかも驚くほど順調に進行した。用意した袋に一杯、宝石や装飾品を盗むことができ、警備員に

発見されることもなかった。だが、ほっとしたためか、最後に失敗をしてしまった。二階の窓から出て、街灯めざして移動している時に、足もとのコンクリートがこわれ、道に落ちてしまったのだ。

足の骨が折れ、歩けない。痛さに悲鳴をあげて苦しんでいると、人が聞きつけ、そのあげくに警察へ連行されてしまった。

何年かの懲役をすませ、やっと世の中に戻れたエフ氏は、また霊媒を訪れた。あの霊魂に報告かたがた、いやみのひとつも言ってやらなければ気が晴れない。

「ひどい目にあいました。道へ落ちて足を折り、つかまってしまったのですから」

「そうか。やはり、だめだったか」

との意外な霊魂の答を、エフ氏は聞きとがめた。

「やはり、とはどういう意味です。わかっていたのなら、あの時、注意してくれればよかったのに……」

「じつは、おれもそこで落ちたのだ。そして、打ちどころが悪くて死んだのだ。当然、あとで修理したものとばかり思っていたが。とすると、あそこはわざと、こわれやすく作ってあったのかな……」

おそるべき事態

「院長。わたしをお呼びになりましたか」

「ああ。まあ、そこの椅子にかけてくれ」

「はい……。急患だというお話でしたね。しかし、おかしいな。わたしの担当は、精神分析が専門。一刻を争うような急患など、考えられません」

「きっと、きみへの連絡をとった秘書が、言いちがえたのだろう。重要な患者のことで至急相談したい、と伝えるよう命じたつもりだった」

「そうでしょうね。で、どんなことでしょうか」

「じつは、さっき、ひとりの患者が、この病院に送られてきた。とりあえず催眠剤を飲ませて、いまは特別な個室で眠らせてある。ぜがひでも治療しなければならない、患者だ。それで、きみを呼んだのだ」

「おまかせ下さい。全力をつくし、ご期待にこたえます。わたしの科では扱う患者が少なく、腕のみせようがなくて、このところ、いらいらしていました」

「そのいらいらで、ノイローゼになったりして」

「冗談をおっしゃらないで下さい。その種の病気をなおすのが、わたしの仕事です」

「いや、冗談のつもりではない。気にしないでくれ。重大な患者なので、慎重を期したかったまでだ」

「そうでしたか。しかし、わたしをご指名とは、精神分析の分野に属する症状ですね」

「そうだ。現代社会のひずみ、あるいは不合理かな。そのよどみに発生したぼうふら、とでもいった感じだ」

「診察し、診断を下すのは、わたしの役目です。その形容は、なんにでもあてはまりますよ。犯罪だろうと、新しいリズムだろうと、新健康法だろうと、流行中の奇妙な婦人服だろうと、どれにも通用する言葉です。珍しくない。それだけなら、さわぐこともないと思います」

「それだけではないから、重大なのだ」

「では、どんな特徴が、くっついているのでしょうか」

「波及する傾向がある」

「ある社会現象の拡大が問題なのでしたら、それは社会学者、あるいは政治家の分野です。また、伝染性のものでしたら、細菌関係の医師の分野です。どうも、わたしの仕事ではないようですが。わたしの扱うのは、すべて個別的なケースです。伝染する異常心理は、ありません」

「しかし、中世ヨーロッパでは、魔女狩りが発生した」

「院長も、また古い物語を持ち出しますね。あれは、科学の勃興《ぼっこう》する以前の事件ですよ」

「いや、どことなく、似ているようでね。つい、口に出てしまった」

「かりにそれを認めるとして、今回の件は、そのどちらに相当するのです。悪魔にとりつかれた連中のほうですか、連中をとらえて焼き殺したグループのほうですか」

「悪魔にとりつかれた側、かな」

「しっかりして下さい、院長。まず、院長を診察したくなります。悪魔だなんて、この現代に……」

「大丈夫だ。もちろん、信じはしないよ。最もぴったりする形容をしたかったのだ」

「どんな悪魔がとりついたような症状ですか。金もうけの悪魔ですか、なまけの悪魔ですか」

「とりついたのは、悪魔ではない」

「では、なんなのです。死霊《しりよう》、妖精《ようせい》、吸血鬼……」

「そんなのではない。しいてあげれば、天使だ」

「天使がとりつくとは。わたしの知る限りでは、子供むけのおとぎ話にも、そんなのはないようです。神がかりとはちがうのですか。それなら、よくありますが」

「神がかりなら、熱狂的な行動をする。目つきが変になるのでもなければ、大演説を叫びもしない。ごく静かで、おとなしいのだ」

「ふしぎな現象ですね」

「ああ、新しく発生した病気だ。名づけるとすれば、天使つき、あるいは良心病とでもなるかな」

「いい名前ではありませんか。酒乱とか、盗癖などよりは」

「名前はよくても、病気は困る。いや、病人はいいのだが、周囲が困る。すでに、事故をよそおって、巧妙に消された患者も、あるのではないかな。これは、あくまで想像だが」

「そうとすれば、魔女狩りの再現ですか。おそるべき事態です」

「だからこそ、重大なのだ。一刻も早く、治療法を発見しなければならない」

「さきほど、波及とかおっしゃいましたが、ほかにも同じような患者が、たくさんいるのですね」

「他の病院からの報告が、届いた。きみに渡すから、あとで目を通してくれ。もっとも、役には立たないだろう。どこでも手のつけようがなく、ただ隔離してあるだけだそうだ。それが、ついにこの病院にも来た」

「ご安心下さい。信用と伝統のある、この大病院の名をけがすことはしません。かならず全快させます。それが医者の一員であるわたしの使命であり、義務ですから」

「たのむ。そうしてもらえると、院長としてもほっとする」

「ところで、他の病院の記録では、まだ治療法は確立していないにしても、患者たちはどう病気がはじまったのです」

「それがいろいろで、一様ではないらしい。ある時、なんの前兆もなく、突然にあらわれるらしい。不気味なことだ」

「たとえば……」

「ある患者は、旅行中にはじまった。列車の窓から余分の錠剤を投げ捨てた時を境に、症状があらわれた」

「どんなふうにですか」

「犬か鳥が食べたらと思い、友人の止めるのを振り切り、つぎの駅で下車した。そのあたりに戻り、たしかめた。少し前の雨で地面がぬれていて、とけてしまったらしいと判断し、やっと旅行をつづけたというわけだ」

「いささか異常ですが、見ようによっては、美談ともとれますね」

「まさに、そうだ。むかしだったら、修身の教科書にのるような題材だ。これは、べつな若い患者の例だが、彼の友人が盗みをやって逮捕された。すると彼は警察に出頭し、友人の非行は自分の友情が至らなかったのが原因だ。すなわち同罪。自分も罰してもらいたい、と申し出た」

「悪い傾向とは、断定できないようですが。ほかには、どんな例がありますか」

「ある女性の患者の場合。男に話しかけられても、必要なこと以外は返事をしなくなってしまった。理由はこうだ。あいそよくおしゃべりをすると、相手の恋心をかきたてるかもしれない。そして、あとで絶望させることになっては気の毒だ、ということらしい」

「うぬぼれの、ひとつの表現ですね。しかし、意味もなく大げさな媚態《びたい》をふりまく女性が多すぎる。少しは加減しようとする反省が、あらわれてもいいでしょう」

「タクシーの運転手だった患者の例もある。事故をおこすまいと、運転が非常に慎重になった。自分の安全のためではなく、他人を死傷させないために」

「けっこうですね。いまお聞きした人たちは、みな望ましい。わけがわかりません。なぜ、そう重大なのですか」

「それがある線でとどまり、バランスを保っていてくれれば、たしかにいい。むしろ、模範的な健康状態だろう。だが、とめどなく激しくなるのだからな。それが困るのだ」

「どう進展するのですか。錠剤を気にした男のことですが、小型の水鉄砲を携帯するようになった。それで完全にとかさなければ落ち着かない、という道をたどるのでしょう。捨てなければいいのに。しかし、考えられないことではありません」

「いや、そんな簡単な一直線の形ではない。たとえば選挙の時だ。病気の進行したある患者は、区会議員の選挙に際し、候補者ひとりひとりについて、たんねんに調べて歩いた。そのあげく、やっと投票したというわけだ」

「まさに、良心の権化《ごんげ》ですね」

「あるいは、天使の化身だろう。きみは区会議員の選挙の時、どんな投票をしたかね」

「あまり考えもせず、適当に入れましたよ。いくらか気はとがめたが、どうでもいいことですよ。第一、区会議員がどんな活動をやっているのか、テレビはもちろん、新聞にだって一行も報道されていませんね。判断の下しようがない。区議会の場所さえ知らない人が、大部分でしょう。それが普通ですよ。そんなことに精通しているのは、関係者でなければ、ひま人か、変人か……」

「そこなのだよ。きみは一般の人と同じく健全だ。だが、いまの例など、あきらかに病的と呼ぶだろう」

「そういえば、その通りです」

「症状のあらわれかたを並べてみると、どうもマスコミに関連がある。さっき、社会の不合理による現象といったが、区議の例など、まさにぴったりだ。新聞では一行も報道しなかったくせに、良心に従って立派な人物へ投票せよ、と標語をのせる。無茶いうな、勝手すぎるぜ、と読み流せば健全で、大部分はそういう常識の持ち主だ。しかし、あわれな患者たちは、なんとかして標語に従おうと努力する」

「常識のわくを、はみ出していますね。気の毒に。選挙権があるのですから、いちおう分別のある成人でしょうに」

「だれかの捨てた錠剤で、鳥が高く飛べなくなった、という投書が新聞にのったこともあったろう。また、友情と犯罪との関係についてのちょっとした思いつきを、雑誌に書いた学識経験者もあったにちがいない。そういえば、愛情を信じていたのに裏切られ、人生に絶望した、という悩みの訴えが身上相談欄をにぎわしている。これらの記事を、患者たちは読んですぐに忘れることができないらしいのだ」

「ニュース面などが刺激的ですから、いまのような反省的な記事も、それにあわせて大げさになっている。このことに気がつかず、額面どおりに受け取ってしまうのですね」

「ああ。まさに、そうなのだ」

「たとえていえば、毒が強力になったため、解毒剤《げどくざい》のほうも強力になっている。それなのに、毒におかされてもいない人が、強力な解毒剤を飲みすぎている、といった形ですね。思わぬ副作用が出るのも、当然でしょう」

「きみは、そう推察したわけだな。だが、こうも考えられるぞ。現代では良心の痛みを、たえず、ちくちくと感じている。だれでもそうなのだ。気にすることはない。ちょうど、軽い頭痛や耳鳴りも、他人に指摘されたり、薬品の広告を読んだりして、ふと意識しはじめると、そのとたん、本人にとっては大変な苦痛に変化する。良心の慢性的な軽い痛みも、そうならないだろうか」

「ありうることでしょう。そういえば、このあいだ、すごい美人の患者を扱いました。非の打ちどころのない目や口のくせに、あるきっかけで、鼻の形を気にしはじめたのです。整形外科のほうから、精神分析のわたしにまわしてきたのです。改良しようがないといってね。しかし、ことが良心となると、やっかいですよ。耳鳴りを完全に取り去ることができない、また他人の一般的な耳鳴りを聞かせることができないのと同じ理屈です。良心の痛みをゼロにはできず、普通人の良心の痛みを感じさせて、安心させられませんからね」

「むかしのように、事件もマスコミもなく、のんびりした時代なら、良心の痛みもなかったのだろうな。そうなると、騒音のような現象だな」

「まあ、くわしい診断は、あとで患者と面接してみてからにします。で、さっきから質問したかったことですが、この種の患者が、なぜこまった存在なのです。さきほど、ひそかに消された者もとか……」

「ひまと金を持ちあわせた患者なら、いい。人間ぎらいの性格の男が、孤島の灯台に職を得たようなものだからな。だが、職業に従事している患者は困るのだ。本職の仕事が、まるで停止してしまう。たとえば、エレベーター会社の技師の場合など」

「どうなったのです」

「定期的にビルをまわり、点検していればいいのだが、その点検が入念になり、時間がかかりすぎるようになった。もし万一、微細な見落しでもあって、事故になったらとりかえしがつかない、と考えはじめてね。そのため、会社では技師をふやさなければならなくなった」

「土木や建築関係の職種には、この種の患者が発生しやすいでしょうね。ニュースで、よく問題にされているようですから」

「しかし、かならずしも、そうとは限らないようだ。高山植物研究所という、浮世ばなれした所に勤務する学者のなかからも出た」

「どんなふうにです」

「この自分の研究が、戦争に利用される可能性はないと断言できるかどうか。その不安にとりつかれたらしい。彼はそっちの検討に熱中し、しかも同僚にもそれが伝染した。かんじんの研究は、全面的にストップ。加害妄想だな。なにしろ、正常な社会に適応できないのだから、あきらかに異常だろう。二人とも病院に隔離してあるらしいが、もっと緊急で重要な立場の者だったら、それもできず、うやむやのうちに消されないとも限らない」

「だんだん、事態の容易でないことが、のみこめてきました。ぐずぐずしては、いられませんね」

「このまま感染がひろまったら、世の中が混乱におちいってしまうだろう」

「それで、この病院に送られてきたというのは、どんな患者なのです」

「年配の男だ。まわりの者が、治療費はいくらでも出すと言い、前金をおいていった。だから、ぜがひでもなおさなければならないのだ」

「景気のいい話ですね」

「そのうえ、全快したら、病院へ巨額な寄付をすると確約もしていた」

「いったい、患者はどんな立場の人なのですか」

「大きな鉄道会社の社長なのだ。関係会社が多く、財界の有力者で、政界にも顔が広いらしい」

「そうでしたか」

「だから、費用の点は心配することなく、全力をそそいでくれ」

「はい。患者の貧富によって手加減をする気はありませんが、高価な方法を使えるのは、ありがたいことです。それによって治療法を確立できれば、ほかの患者にとっても、大きな救いでしょう。で、病状は進んでいるのですか」

「ああ、だいぶ進んでいるようだ。社長という、まわりで手のつけにくい立場にあったためだ。以前は書類に、読まずにサインし、万事はスムースだったらしい」

「ところが、というわけですね」

「そうだ。鉄道の事故を気にしはじめたのが、もとらしい。週刊誌かなにかで、事故死した遺族の物語を読んだのが刺激となったのだろう。それと不正を気にしはじめた。計画書や報告書は、何度も調査をくりかえさせる。あげくのはて、自分で見なくては気がすまなくなった」

「大会社のことはよくわかりませんが、さぞ影響の大きいことでしょう」

「ああ、書類はたまる一方だ。取引き先も、困っているらしい。しかし、金銭よりも事故や不正の防止のほうが優先する、という説に対しては、だれも正面きって反対もできない。それに、実力ある大物の社長だからな。そのうえ、最近は重役や部長クラスにも伝染しはじめたらしく、会社の運営は停止寸前に近い」

「パニックと呼ぶべき状態ですね」

「ほっておくと、どこまでひどくなるか予想もつかない。みるにみかねて関係会社、銀行、証券会社、大株主などが集って相談した。そのあげく、むりやりこの病院に運んできたというわけだ。犯罪に近い方法だが、異常者だからいいらしい。弁護士らしいのも、つきそっていた。こんな事情だから、病院としても全快させる責任がある。たのむ、きみに一切をまかせるから」

「わかりました。全力をつくしましょう。ご安心下さい。自信はあります。ご期待にこたえてごらんにいれます」

「たのむ、きみも感染しないようにな」

「大丈夫です。充分に注意しますから。では……」

「院長。わたしをお呼びになりましたか」

「ああ。きみのおかげで、あの社長が全快してから、三カ月になる。再発のけはいもないということだ。関係者たちもほっとし、さっき、お礼を持ってきた。これは、きみへの特別報酬だ」

「こんなにたくさん、ありがとうございます。しかし、医者としては、治療法が確立し、他の患者たちもしだいになおり、魔女狩りの再現が防げたことのほうが、もっと大きな喜びです。で、そのご、鉄道会社のほうも全快しましたか」

「ああ。事務はもとに戻り、滞貨は一掃され、新しい路線の延長計画も順調に進みはじめ、株価も回復したそうだ」

「けっこうなことですね」

「もっとも鉄道事故による死傷八名、工事での死傷五名、監督官庁への贈賄《ぞうわい》の発覚が二件、下請け業者からのリベート問題五件、従業員の不正二十件、駅員や乗務員と乗客とのごたごた三十五件がともなっている。しかし、これもこれまでの平均値で、とくにさわぐほどのことでは、ないそうだ」

「なにはともあれ、事態をすべて正常に戻せて、なによりです」

夏の夜

日の沈むのがおそい夏の夕暮れだったが、もう、あたりはだいぶ暗くなっていた。空が曇っているからか、月や星々が見えないため、むし暑さは一段と濃くただよっている。街はずれにある、その小さな古い工場は、ところどころこわれた塀《へい》にかこまれ、黒々と静まりかえっていた。

カメラを肩からさげた青年は、しばらく塀にそってうろついたあげく、やっと門を見つけることができた。彼は無断で入ろうとしかけたが、そばに簡単な小屋があるのに気がついた。灯《ひ》もついていず、だれもいないようだったが、いちおう声をかけてみた。

「どなたか、おいででしょうか」

「はい。どんなご用でしょうか」

低い声で応じながら、なかから、としとった男があらわれてきた。

「どうも、勝手なお願いなのですが……」

青年は、言い出しにくそうだった。老人は暗がりにたたずんで、さきをうながした。

「ごえんりょなく、お話しを」

「じつは、この工場に幽霊が出るとかいううわさを聞きました。それが本当なら、写真にとってみたいのです。よろしければ一晩、建物のなかですごさせてくれませんか」

「かまいませんよ。ここの工場は道路建設のため、まもなくとりこわしになります。盗まれて困るようなものは、なにひとつ残っておりません。どうぞ、ご自由に……」

老人は抑揚のない口調で言い、少し笑った。青年は軽くお礼を述べた。

「ありがとう。……だが、はたして出るのかな。どうせ、いいかげんなうわさでしょう」

「いえ、うわさだけではありません」

「そう願いたいものですよ」

青年は朽ちかけたような建物に近づく。扉《とびら》には鍵がかかっていず、引くときしみながら開いた。手の中の小型のライトをつけると、ほこりのつもった各種のがらくたが、陰影をともなっていっせいに浮かびあがった。くもの巣らしいものが、顔にからまる。

「なるほど。ひょっとすると、出ないとも限らないな……」

彼はなかに入りながら、つぶやく。その声は壁にこだまして薄気味わるく響き、青年はあわてて口をつぐんだ。

黄色くぼやけた、光の丸の奥。窓ぎわの床《ゆか》に木の箱のあるのをみとめ、彼はそれに腰かけた。そして、カメラを手にし、いつでもシャッターを押せるように指をかけた。うわさどおり現れれば、フラッシュによって、その姿を撮影できる。

しかし、どんなぐあいにか、さっぱり見当がつかない。あるいは、光があってはいけないのかもしれない。ライトを消す。

ごみくさく暑い闇が、待ちかまえていたように押しよせてきた。あらかじめ物音でもするのだろうか。聴覚が麻痺《まひ》したとも思える静かさのなかで、彼は身をかたくして息をこらした。まさか、音もなく不意に飛びかかってくることは……。

彼はいくらか後悔してきた。動悸《どうき》の高まりは、理屈では押えられない現象だった。そばにだれかがいてくれれば、笑いでまぎらすこともできる。だが、暗闇のなかで、ひとりで笑い声をたてたりすると……。

しかし、まあ、いよいよとなったら、大声をあげればいい。そうすれば、さっきの老人が聞きつけ、助けに来てくれるだろう。青年はこう考え、自分を安心させた。また、緊張は、そう長時間はつづかない。彼は少し落ち着き、汗をふく余裕をとりもどした。

その時、どこかの窓がかすかな音をたて、小さな物音が床をはった。なにかが忍びよってくるけはい。青年の筋肉は一瞬ひきつりはしたが、それでもカメラをむけ、指先きに力をこめることはできた。まばゆい光が、わずかな時間だけあたりを支配した。

たちまち闇が戻ったが、青年の眼は正体をみとめた。紙くず。風が出たらしく、破れた窓から流れこんだ空気が、紙くずをころがしていたのだった。彼はため息をつき、苦笑いをした。叫び声をあげ、あわてて老人を呼んだりしたら、からかわれることになっただろう。

ふたたびライトをつけ、青年は水筒の水を飲んだ。飲み込む音が、大きくはっきりと響いていた。彼は、またも身をすくめた。

うしろにある窓ガラス。それが軽くたたかれる音を聞いたのだった。こんどはカメラを手にしていなかったので、反射的には動けなかった。それどころか、ふりむくきっかけを失って、かえってためらいがでた。しかし、彼をうながすように、ガラスはもう一回たたかれた。叫ぼうにも声が出ない。青年は努力し、光を徐々にそこに移した。

窓のそとには、だれもいない。手がふるえ、小型ライトを落しそうになるのを、やっとこらえる。だが、彼の顔には、またも苦笑が戻ってきた。光をめがけて飛んできた昆虫がガラスに当り、さっきと同じノックの音をたてたのだ。

ばかばかしい。幽霊とかいうのは、どれもこのようなことだろう。気の小さな者ならば、物音に結びつけて幻影を作りあげてしまうにちがいない。それがうわさとなって伝わるにつれ、しだいに大げさな話になってくるのだ。

彼は、また後悔してきた。しかし、しばらく前の後悔とはちがっていた。幽霊を撮影しようなどという計画が、意味のない幼稚なことに思えてきたためだ。

といっても、いま帰るのも中途半端だった。せっかく来たのだから、朝までここにいることにしよう。いままでの緊張が急にゆるみ、かわって眠気が訪れてきた。

いつのまにか彼はうとうとしたが、べつに、これという夢も見なかった。ときどき目がさめ、ふたたび眠り、何回目かに目がさめた時には、早い夏の朝の光が、窓のそとにひろがりはじめていた。

「やれやれ、なにも現れなかったな。一晩をむだにしてしまった。出ないなら出ないと、言ってくれればいいのに。ひとの悪い老人だ」

青年はのびをし、建物を出て、帰ることにした。そして、門をくぐるまえに、小屋に呼びかけた。

「やあ。なにも出なかったよ。約束とちがったな」

しかし、のぞきこんでみると、なかに腰をおろしているのは、中年の男だった。昨夜の老人は、交代して帰ってしまったのだろう。だからこそ、あんな勝手なことが言えたのだ。呼びかけられたため、その中年の男は聞きかえした。わけがわからないといった顔つきで。

「出なかったとは、なんのことです」

「幽霊さ。夜勤の人は、出るようなことを言っていた。あとで文句を伝えておいて下さい。人さわがせなうわさは困ります、とね」

だが、男の表情は変らなかった。

「夜勤ですって。昼間は、子供が遊びに入ってきて事故を起すといけませんから、わたしが見張りをしています。しかし、夜はその必要がないので、だれもいませんよ」

「そんなはずはない。たしかに……」

それを聞いて、相手の声は少しふるえた。

「もしかしたら、としとった男だったのでは。そ、それですよ……」

三角関係

「こんなに楽しく、こんなにすばらしい気分につつまれたのは、生れてはじめてだよ。きみのような女性と、めぐりあえたなんて。どう表現したら、いいのだろうか。春のかげろうで作られたソファーにすわっているような、秋の月の光を絃《げん》にしたギターの曲に耳を傾けているような、夢のような……」と、ぼくは言った。いまの気持ちの形容には、もっともっと甘い文句が必要なのだが、それは考え及ばなかった。口調まで、うきうきしている。

「ええ。あたしだって、そうだわ。あまりに幸福なので、信じられないくらいよ」と、あたしは答えた。

おれは聞いていて、面白くなかった。こんな場合は、だれだって、そうだろう。しかも、このごろは、ますますおおっぴらに、いい気になってきやがったのだ。おれは歯ぎしりをした。「ちくしょう。なんということだ。これというのも、あいつのおかげだ。あの若いやつが現れてから、こんなことになりやがった」おれのつぶやきは、じわじわとわいた。むし暑い夜、皮膚ににじみ出る汗のようだった。押えようとしたって、できるものではない。

そんなことにおかまいなく、ぼくは愛の言葉をささやきつづけた。「きみとは、決して別れないつもりだよ。手放すものか」

「あたしだって、はなれたくないわ。どこにも行かないでね。あなたに去られたら、あたしは生きる気力を失ってしまうと思うわ。本当よ」と、あたしは決心を伝えた。

おれの不愉快さは、一段とたかまった。どこにでもいる、どうでもいい女なら、だれを好きになろうが、どこへ行こうが、それは勝手だ。しかし、この女となると、話はべつだ。若く美しく魅力的で、おれの理想そのものなのだ。おれはついにがまんできなくなり、大声でどなった。「おい、いいかげんにしてくれ、女から手を引いてくれ」

それを聞いて、ぼくは言いかえした。「よけいな口出しは、しないで下さい。ぼくがなにをしようと、自由じゃありませんか」

「たのむから、その女とは、これ以上つきあわないでくれないか」と、おれはまず下手に出た。穏便に解決がつくのなら、それに越したことはない。

しかし、ぼくはその申し出をことわった。「いやです」

おれはかっとなり、語気を強めた。「手を引いてくれ、と言っているんだ」

ぼくも負けてはいなかった。「そんな命令に、従う気はありません。それに彼女の心は、ぼくに傾いている」

「それは、そうかもしれない。だが、おまえが口さきだけの、調子のいいことを吹き込んだからだ。彼女のすなおな性格につけこみ、だましたのだ」と、おれは卑劣な行為を指摘してやった。

ぼくは承服できなかった。「口さきだけではありません。心から愛しているんです。さしずは受けません。第一、ぼくにさしずする権利など、ないじゃありませんか」

「あるとも。彼女は、おれの女なのだ」とおれは当然のことのように言いきった。いまさら説明するまでもなく、やつだって、それは知っているはずだ。

「そんな無茶な、ひとりぎめの説は通用しませんよ」ぼくは、あくまでがんばった。

あたしは言い争いを聞いていたが、それがしだいに激しくなるので、思わず口をはさんだ。

「ねえ、お願い。やめてちょうだい。あたしのことで、けんかをしないでよ」ほっておくと事態がどこまで発展するのか、わけのわからない不安にとらわれ、心配でならなかった。

だが、おれはやめなかった。「いや、このままにしておいていい問題ではない。男ふたりに、女ひとり。いままでのように共存とい

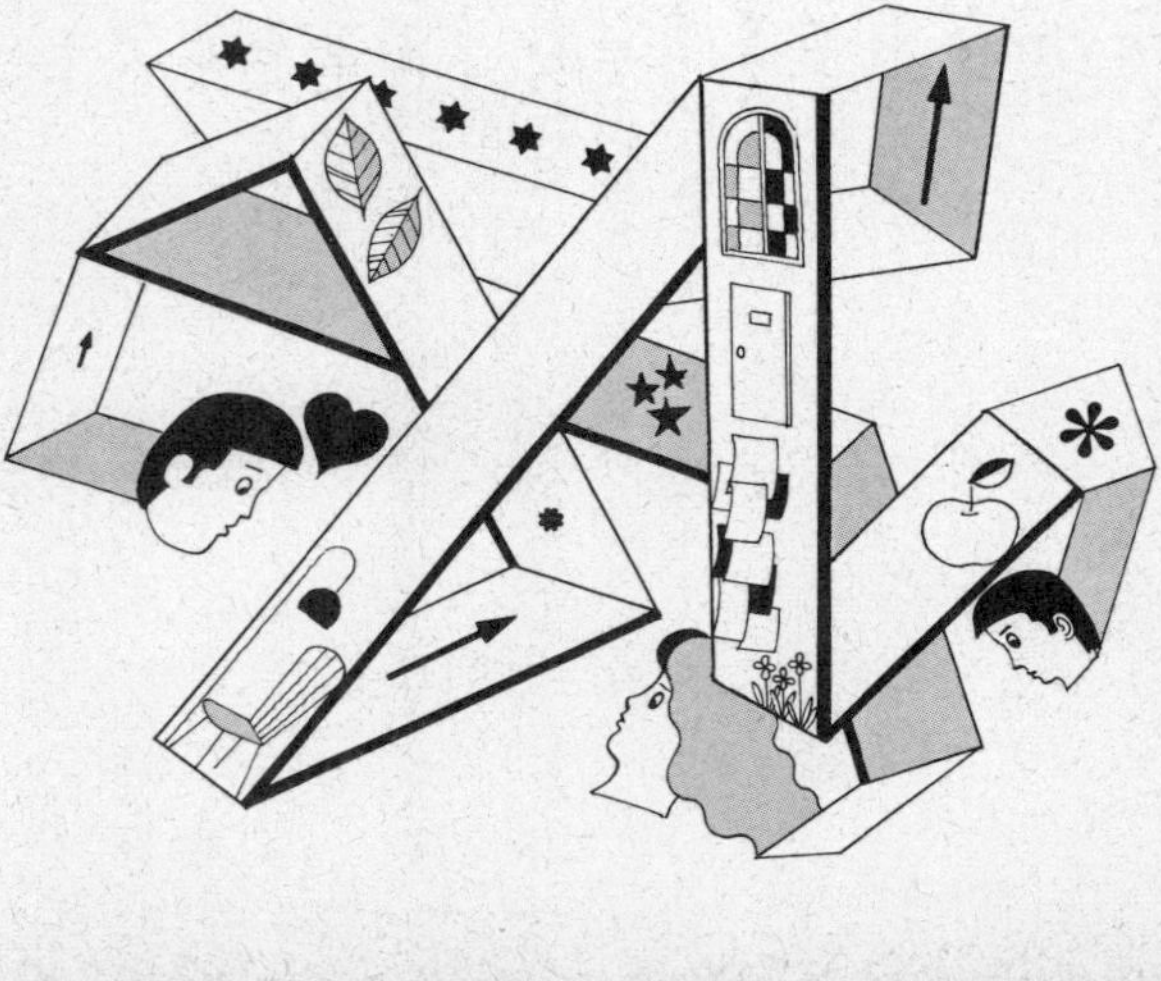

う形は、解決ではない。妥協だ。ごまかしだ」

ぼくも、その点に関してだけは賛成だった。「そうです。この際、はっきりさせよう。彼女にきめさせ、それに従うことにしましょう。二人のうち、どちらを選ぶかを」ぼくには自信があった。

おれはその提案に反対し、はねつけた。「だめだ。解決の方法は、おれがきめる。決闘だ。どちらかが倒れるまでやるのだ」ふいに頭に浮かんだ案だった。

「それは野蛮です。もっと、おだやかな方法にしましょう」と、ぼくは異議をとなえてみた。しかし、おれはきっぱり言い渡した。「だめだ。決闘以外には、ずっとつづいてきたこの状態に、終止符は打てない。おじけづいたのなら、どこかへ行ってしまえ」

ぼくは迷った。決闘に応じようか。だが、この相手にはどうしても勝てそうもないという、強い予感がした。勝てるみこみがあるのならべつだが、みじめに負けた姿をさらすよりも、このまま去ったほうが、彼女に少しでもいい印象を残せるのではないだろうか。ぼくはしばらく考えてから、くやしさにみちた声で言った。「わかりました。では、ぼくが身を引くことにしましょう」そして、心のなかで、彼女にそっと別れを告げた。

「あばよ」と、おれは言ってやった。やつは去り、いなくなった。おれはほっとした口調で、彼女に呼びかけた。「さあ、やっと二人だけになれた。じゃまな若造は、どこかに行ってしまったぜ」

それに対し、あたしは悲しい気分で言った。「でも、さびしくてたまらないの。あのひとが行ってしまったからよ」

　おれは彼女の煮えきらないのに、腹が立った。「はっきりしたら、どうなんだ。おれといっしょにいたいのか、それとも、あいつといっしょに行ってしまうつもりなのか」

　あたしは自分も去るのが、この人のためだろうと思った。「あなたとは、お別れするわ。そのほうがいいような気がするの。あなたを、きらいじゃないんだけど……」

　おれは、いささかあわてた。「たのむ。思いとどまってくれ。行かないでくれ」必死に哀願をくりかえしたが、それはむだな努力だった。彼女もまた、いなくなってしまった。おれは、ひとり取り残された悲しみで泣いた。理想的な女性、おれの女、おれ自身ですらあった彼女。それがおれのそばから、姿を消してしまったのだ。

　泣き疲れ、おれがぐったりしていると、男の声がやさしく話しかけてきた。

「どうです。ご気分は」

　それは医者だった。おれは言ってやった。

「気分はいい。だが、おれの女がいなくなって、悲しくてならない」

「それでいいのです。そうなるように、わたしたちが手当てをつづけてきたのですから」

「いったい、なんの治療だ。おれの大切な女が、若い男のあとを追って、どこかに行ってしまったのだ」

　おれが聞くと、医者は説明してくれた。

「あなたは、お乗りになっていた船が難破し、孤島にひとりで流れ着いたのです。数カ月ほどして救助され、この病院に収容されたのですよ」

「しかし、けがは、していないようだが」

「肉体的なものではありません。あなたは孤独と退屈とさびしさのあまり、精神に変調を起し、頭のなかで女性を作りあげてしまいました。いや、正確には、必要に応じて、自分自身が女性になりきったという状態です。だが、やがて、それにも単調さを覚えるようになり、さらにもうひとり、同じようにして若い男を作りあげました。変化を求めたいという欲求からでしょう。しかし、やっと全快なさったようですね」

マッチ

夜おそく自宅に帰ったエヌ氏は、だいぶ酔っていた。はしごをするくせが彼にあり、そのせいでもあった。といって、なにか景気のいいことがあって、祝杯をあげたわけではない。むしろ、その逆。金まわりが悪くなり、くさくさした気分を晴らそうと思ったためだった。あまり論理的とはいえない行動だが、仕方ない。だれにだって、よくあることだ。

酔ってはいたが、まだ飲みたりない気分だった。

酔いがさめかけると、不景気を思い出し、後悔の念が襲ってくる。戸棚《とだな》をさがすと、びんには酒が残っていた。エヌ氏はひとり、テレビの深夜番組を眺めながら、さらにグラスを傾けた。

そして、タバコに火をつけようとして、マッチをつけ……。

「おお……」

という声が、そばで起った。エヌ氏はそれを耳にし、あわててマッチを捨てて、あたりを見まわした。だれもいない。彼はつぶやく。

「さては、テレビ映画の声だったのだな。驚かさないように願いたいものだ」

そして、ふたたびマッチをつけなおし……。

「おお。これは幻だべえか」

またしても妙な声、妙な文句が聞こえた。だが、こんどはエヌ氏もうろたえなかった。

「変なせりふだな。安上りのタレントを使っているせいだろう」

こう言いながら、なにげなくそばに目をやった。見なれないやつが立っている。うすよごれた、白っぽい衣をつけた老人。言葉つきにふさわしく、山奥からでてきたじいさん、といった感じだった。いままでに会った記憶はない。

エヌ氏は、思わずマッチを指からはなした。同時に、いまのじいさんの姿も消えた。エヌ氏は目をこすり、

「まさしく、幻だべえかもな……」

と、首をかしげた。酒を飲みすぎたための幻。しかし、いまだかつて、酒で幻覚を見たことはなかった。それとも、部屋つきの幽霊だろうか。

しかし、ここが呪《のろ》われた部屋なら、もっと以前に出現していていいはずだ。なにかのかげんで一瞬、テレビが立体化したのだろうか。それにしては、ようすがあまりにも泥臭かったようだ。

あれこれ考えたあげく、マッチに関係があるのではないか、との仮説を立ててみた。それを確認するには、もう一度やってみればいい。エヌ氏は酒をさらに一口飲み、マッチをすった。

はたして、またもあらわれた。じいさんはテレビを眺め、

「幻だべえか」

と、しきりに感心している。その姿は、マッチの火が消えるとともに、見えなくなった。

エヌ氏はあらためて、マッチ箱をしらべた。なんの特徴もないマッチだ。どこかのバーでもらったか、となりの席の客のを、まちがえてポケットに入れてきてしまったのだろう。店名のところは、よごれていて読みにくい。いったい、なぜこんなマッチが……。

有名なるマッチ売りの少女から、買わされたのだろうか。しかし、それは外国の事件だし、第一その少女は、すでに死んでいるはずだ。

自分で考えるより、相手に直接聞いたほうがよさそうだ。マッチをすって……。

「もしもし、あなたはだれです」

またもあらわれた、じいさんに聞いた。相手はエヌ氏をみとめ、おごそかに答えた。

「おれは神じゃ」

「冗談じゃないですよ。ちっとも神々《こうごう》しくないじゃありませんか」

この疑問をとくべく、エヌ氏は数本のマッチをついやして、相手の素性を聞き出した。ある山奥の、小さな神社。神社は小さいが、そばに大きな樹がある。つまり、ご神木だ。それに宿る神だという説明だった。その樹の一枝が、どうしたはずみかマッチ工場にまぎれこんでしまったらしい。

「ご神木を焼くとは、けしからん。おれは、おまえをこらしめてやるのだ」

神さまは、テレビにちらちらと目をやりながらも、自分の使命を思い出した。

「まあ、お待ち下さい。それは誤解です……」

エヌ氏は必死になり、こっちの責任でないことを力説した。なんとか、わかっていただけたらしい。神さまは、おおせになった。

「よかろう。かんべんしてやるだ。そのかわりだ。町を見物させてくれろ」

「いいですとも、それくらいなら」

エヌ氏はほっとし、承知した。食事や寝具がいるわけでもない。いなかの伯父さんがやってきたのより、はるかに始末がいい。街の数カ所でマッチをすり、出現させてあげればいいのだろう。簡単なことだ。

しかし、やってみると、そう簡単なことではなかった。

つぎの日。まず、高層ビルの上の展望台にのぼり、マッチをすった。

「おお、なんちゅう眺めだ。おらの樹より、ずっと高いでないか」

と、あたりかまわぬ大声をあげたのだ。エヌ氏は大急ぎで火を消した。この調子では、人ごみのなかでは、恥をかくばかりだろう。

だが、人ごみでない所でも、大いに感心してくれることがわかった。山奥で動くこともなく、数百年の樹齢を持つ、ご神木の神なのだ。適当な場所をいくつかまわり、いちおうの見物をさせた。

帰宅したエヌ氏は、やれやれと椅子にかけた。タバコをくわえ、マッチをすると、神さまがあらわれて言った。

「町とは、はあ、たまげたとこだ。おまえには、お礼を言うべえ」

それを聞いて、エヌ氏はにやりとした。一日をついやして、サービスにこれ努めたのは、この下心があったからだ。彼はおそるおそる申し出た。

「いかがでしょう、神さま。こういってはなんですが、これも、なにかのご縁でございましょう。いくらか、お金をもうけさせていただけないものでしょうか」

「なんじゃと。ああ、ゼニに困っとるちゅうのか。こんだけ便利な品をそろえたら、さぞ、ゼニもかかるだべな。だども、どうしたらよかんべえか」

「はい。株で、もうけたいと思うのですが」

「カブちゅうと、あの野菜だべ。よかろう、まじないを教えてやるとすべえ」

「ちがいますよ。弱ったな……」

山奥の神さまに対して、証券取引きについて初歩から解説をしたら、残り少ないマッチでは、とてもまにあわない。

といって、ルールの簡単なパチンコなどでは、もうけの額も知れている。こうなったら、相手に聞いてみたほうが早いだろう。

「どんなご利益《りやく》でしたら、おさずけいただけるのでしょうか」

「おれのとくいな力ちゅうとだな。山火事ふせぎ、雨ごい、雪崩《なだれ》よけ、害虫退治、野菜の豊作。あとはクマ、イノシシ、キツネなどをつかまえるまじない。こんなところだべえ。どれでも、好きなのさ、選ぶがいいだ」

ひどいものだ。選びようがない。役に立たないことばかりではないか。しかし、エヌ氏にとって、このめったにない機会をのがすことは、できなかった。チャンスを見送ることは、現代では一種の罪悪ともいえる。

罪悪という言葉で思いつき、非常手段を提案してみることにした。エヌ氏は、いささかやけ気味だった。

「いっそのこと、泥棒はどうでしょうか」

「ああ、それでもよかんべえ」

意外なことに、神さまは承知してくれた。めまぐるしい都会見物の刺激で、頭が呆然《ぼうぜん》としているのだろう。とにかく、エヌ氏はほっとした。

「ありがとうございます。では明晩、よろしく、お力ぞえをお願い申します」

マッチは、あと数本のこっている。それでやろう。神さまがついていてくれれば、安全でもあり、成功うたがいなしだろう。さて、どこをねらうとするか。

つぎの日。いろいろと計画を立て、検討したあげく、ビル荒しをすることにした。何回か訪れたことのある、勝手を知った商事会社だ。

マッチをすってドアの鍵穴に入れれば、神さまがなんとかあけてくれるだろう。

夜のふけるのを待ち、ビルの裏の横町の物かげにひそんで、まず心を落ち着けた。そして、さてと勢いこんだとたん、そばに人影があらわれた。

手に短い棒のようなものを持ち、こっちに近づいてくる。不審な動き。エヌ氏は反射的に、用意のマッチをすった。あわてていたため、箱のなかの残りの全部を、いっぺんにつけてしまった。

やぼったい厳然さで神さまは出現し、わけのわからない声をあげた。

すると、人影の手の棒からは、銃声と弾丸が飛び出した。拳銃《けんじゅう》だったらしい。しかし、もちろん神さまはびくともしない。それを知った人影は、弾丸をうちつくし、恐怖のあまり気を失って倒れた。

だが、こう銃声が響きわたってしまっては、仕事は中止。それどころか、逃げることもできなかった。音を聞きつけて、たちまちのうちにパトカーが到着してしまったのだ。

飛び出した警官たちは、失神した男を調べ、それからエヌ氏に言った。

「よくやってくれました。宝石店にたびたび強盗に入った、手配中の男です。きょうも荒かせぎをしたらしく、盗品を持っています。尋問し盗品がかえれば、被害者たちから謝礼も相当に出るでしょう。お手柄《てがら》でした」

エヌ氏はとまどいながらも、即座に作りあげた架空の大武勇伝を、一席しゃべらなければならなかった。

「……というわけです。危ないところでした。しかし、なにしろ正義のためですからね」

思いがけぬ結果。エヌ氏は汗をふき、苦笑いしながら、タバコをくわえた。ポケットの奥に、マッチの軸が一本あった。それをつけると、また神さまがあらわれた。

「これで、おれは山に帰るとすべえ。だども、なんとも、たまげたもんでねえか。クマ、オオカミならわかるが、泥棒さつかまえて、ゼニもうけになるとは……」

炎とともに消えた現象に、警官たちは驚いた。

「なんです、いまのは」

「さあ、なにか見えたのですか。いっこうに気がつきませんでしたが」

エヌ氏はとぼけてみせた。くわしく説明したって、わかってはくれまい。それに、ご神木マッチもこれで終りなのだから。

妖精配給会社

朝の光が窓からさし込み、事務室のなかを、おだやかな明るさでみたしている。その老社員は出勤してから仕事にかかるまで、しばらくの時間、椅子にかけて目をつぶり、気分を統一する。

肩をたたかれて彼がふりむくと、課長がそばにいる。課長は机の上にメモをおいた。

〈仕事はどうだね〉

と書いてある。老社員は椅子から立ち、

「はい、進んでおります。もっと能率をあげたいのですが、まだそろわない資料がありますので……」

と答えながら、頭を何度も下げる。彼は若いころから、ずっと聴覚を失ったままだった。それで、他人に手間をかける。つい恐縮してしまうのだ。

課長はそれに対し、ものうげに首と手を振り、メモに、

〈なにも急ぐことはないよ〉

と書き、席に戻っていった。これもまた、毎朝の日課のようなものだった。

ここは郊外にある半官半民の組織、妖精配給会社。かつては都心のビルを本社とし、各地

に支社を持ち、社員の多い時期もあった。だが、いまでは、数人から成る社史編集課を残すだけとなってしまった。この老社員は校正の腕はたしかで、そのため、まだ退職にも配置換えにもならないでいる。

社史が完成すれば、それを各方面にくばって、会社は解散の方針。といっても、運営不能におちいったからではなく、目的をはたしたための解散なのだ。このことは発足当初から予想されていたことでもあった。妖精がこれだけ普及すれば、もはや会社はなくていい。

老社員もまた〝妖精〟を持っていた。それは机の片すみに、おとなしく腰をすえている。彼は内心、あまり妖精を好きではなかった。しかし、配給会社の社員でもあり、こう普及してしまうと、持っていない者は変人に見られる。時には理由を質問され、耳の不自由なことを知られ、あやまられることもある。それにくらべたら、まだましだろうな。

こう思いながら、老社員はなにげなく自分の妖精を見た。妖精は待ちかまえていたかのように軽く飛び、そばにすり寄ってきて、彼の顔を見あげた。

彼は妖精のこの目、つねに人のきげんをうかがっている目つきがきらいだった。いやいやながらだが、ちょっと背中をなでてやる。ミンクの毛皮に似たやわらかな触感。しかし、やわらかすぎて変に手ごたえがなく、ちょっとつめたい。長くつづけていると、いらいらしてくるのだ。

妖精はしきりと口をうごかしているが、老社員はそのささやきを聞くことができなかった。聞ければ、どんなにいいだろう。それができれば、もっと好きになれるだろうにな。ほかの人たちが例外もなく、あれだけ熱中しているのだ。彼はこう考え、顔をしかめ、にがにがしくつぶやいた。

「あっちへ行っていろ」

妖精は、もとの場所へ帰った。持ち主に、決して逆らうことがない。

妖精。もちろん、伝説や民話にでてくるそれの出現ではない。最初につけた愛称が、いつしか通称になってしまったのだ。大きさはリスぐらいで、よごれにくい地味な灰色をしている。翼があり、少しだが空中を飛べた。だが、毛皮でおおわれているのだから、鳥類と呼ぶことはできない。さかさにぶらさがることのできる点では、コウモリの仲間ともいえる。しかし、卵からかえるのだ。

どこか、ネコを連想させるものがあった。耳の健全な人も、動作の音を聞くことはほとんどできない。大きな特徴は、雌雄《しゆう》の別のないことだった。しかし、生殖しないわけではなかった。卵をうみ、それがかえるのだ。

そして、最大の特徴は、人間の言葉をいくらか話すことにあった。オウムや九官鳥のような、単なるくりかえしでない文句を……。

老社員は書類棚から、資料の切抜きを入れた大きな封筒を出してきて、机の上にひろげた。いちばん上には、十年まえに新聞にのった、記念すべき写真がある。偶然に撮影されたアマチュア写真だったが、よくとれていた。

ある日の午後、パラシュートにつり下げられた金属性の容器が、青空からゆっくりと降下してきたのだ。場所は街なか。カメラにおさめた者もあり、関係方面に通報した者もあった。人びとはまず、どこかの国の宇宙船からの品だろうと判断した。しかし、そうらしくない。あらためて見なおすと、容器の形、記されてある文字らしきもの、いずれもどことなく異様だった。もしかしたら、他の惑星からのものかもしれない。あまりに飛躍した意見だったが、いちおう、そう想像する以外になかった。

各国の学者の立会いのもとにあけてみると、卵がひとつ。微笑をさそわないでもなかった。地球でも初期には、サルや犬を乗せて打ちあげたことがあった。どこの星でも、同じようなことを考えるものらしい。それが広い宇宙の空間を流れつづけて、ここにただよい着いたのだろう。この仮定への反論は、ほとんどなかった。

容器の文字は「拾ったら、どこどこへ届けて下さい」とでもいう意味なのだろうか。しかし、解読することはできなかった。たとえできたとしても、その実行は不可能だった。

当時の大さわぎの新聞記事は、すべて集められ、ここに保存してある。どれどれを使ったら、あの熱狂の印象を残せるだろう。老社員は最良の取捨を考えながら、ひとつずつ読みかえした。あまり楽な仕事ではない。活字は大きく、文章は刺激的なのだが、内容はそう充実していないのだ。むりもないことだった。

国際的な管理のもとに、多くの学者たちの研究が進められた。文字、容器やパラシュートの材質からは、たいした収穫はなかった。興味の焦点は、卵に集中された。かえすことは、できないものだろうか。

だれもが祈るように期待した、数週間だった。老社員もまた、みなと同じに興奮したものだった。うまく成功してくれればいい、と。

卵は思いがけなく、自然に孵化《ふか》した。新聞のほぼ一面を占めた写真も、とってある。それに、最大の活字で印刷された「妖精の誕生」という見出し。天から降下し、翼を持っているのだから、天使と呼んでもよかった。また、コウモリに似ているのだから、悪魔と称してもさしつかえなかった。しかし、善と悪、益と害、いずれとも即座には判定がつけられないため、その中間的な意味で、かりに妖精と名づけられたのだ。

善悪の区別がつかないまま、その呼称がつづいている。はじめはじれったさもあったが、考えてみれば、善悪で割り切れない存在は世の中に少なくない。テレビ、チューインガム、

トランプ遊び、酒などだ。人びとはしだいに、その不安定な愛称になれていった。

孵化につづいて、その成長の一連のニュースはすべて驚異にあふれていたが、クライマックスは、人語をしゃべりはじめた時。研究者たちは喜び、勢いこんで、その故郷の惑星についての知識を得ようと努力した。

それは、成功しなかった。当然かもしれない。もし地球の鳥の卵が他星に流れつき、そこで孵化した場合、いかに高度な科学力があったとしても、地球の状態に関する質問には答えられないだろう。

あとになって、催眠術、ウソ発見器、脳波の測定、はては自白薬なども試みられたのだが、聞き出せるわけがなかった。妖精自身も知らないのだから。

卵をうみ、それがまた孵化し、数がいくらかふえた。第一に、人畜に被害を及ぼすかどうかが検討された。あらゆる調査のすえ、その恐れのないことがたしかめられた。管理は少しゆるめられ、それ以後の研究は各国の分担となった。わが国でも、そのための研究所が作られた。この妖精配給会社の前身ともいえる機関だった。

「友人の紹介で、ここに就職できた時はうれしかったなあ」

老社員はひとりでつぶやき、記事の日付を見ながら当時を回想した。しかし、新聞記事そのものは、ぐっと学問的になり、刺激的な調子が一段落していた。骨のレントゲン写真、毛皮の拡大、内臓器官、発声部分の図などには、大衆的な興味を盛り込みにくい。

単為生殖《たんい》の点は、いくらか派手に扱われた。だが、植物やミジンコなどその例はあり、カエルの卵も、受精でなく物理的な刺激でも成育する。性的な興味をひくものではない。二、三回ほど漫画で扱われ、すぐに話題から消えていった。そういうものだとの常識が、定着したのだ。

明らかになったことは、環境の大はばな変化にも耐えられるということ。他星の生物なら当り前の話だ。発表文はものものしかったが、いままでの経過をそのままとめただけのことじゃないか。古い記事を読みかえすと、妙なことに気づくものだ。老社員は思わず笑いを浮かべた。

老社員は時計をのぞいた。昼食の時刻。立ちあがると、妖精は遠慮ぶかく彼の腕にぶらさがった。そう重くはないし、手ぶらでは変人と思われる。

彼は散歩がてら、近くの小さなレストランに行くことにしている。弁当を持ってきたほうが安上がりとわかってはいるが、ひとり暮しでは面倒なのだ。

軽い食事を注文したが、やはり老人には多すぎる。彼がフォークをおくと、妖精はあいさつのようなしぐさをし、その皿の残り物を食べはじめた。彼だけでなく、どの妖精もそうなのだ。

研究が進むにつれ、妖精のエサが判明した。なんでも食べ、とくに好みもないらしい。残飯で飼えることが立証された。それ以来、研究は利用法の発見の段階に入った。

勇気のある志願者が囚人のなかからあらわれ、妖精の肉を食べ、食用として無害であることも証明された。つづいて料理関係者が試食したが、牛や豚にまさる味ではなく、鳥や魚にくらべても劣る。この方面の可能性の検討は、それで打ち切られた。

また、労働的な役には、まったく立たなかった。なにひとつできない。いや、しようとしないのだ。ほうっておけば、いつまでもじっとしている。必要がなければ、飛ぼうともせず、動こうともしない。

みこみのあるほうだったのは、毛皮の利用だった。色は地味な灰色だが、染めればいい。しかし、他の地球産の動物の毛皮にくらべ、はるかに弱かった。

結論をいえば、生産的な利用法はゼロ。ペットにでもする以外には……。

ペットとしては、すばらしかった。ただちに毛皮への利用が中止されたほどだ。といって、法律による規制ではない。一般的な感情として、愛玩《あいがん》動物の毛皮となると、あまり買う気になれないものだ。したがって、産業として成り立ちそうにない。

どの国でも、ペットとしての研究を急がせた。どこの国民も、なにかしら不満をいだいている。政府としては、できればそれを解消したいわけだった。また、社会保障が完備した理想的な国においても、不満はある。体制や指導者を責められないだけに、かえって始末が悪いといえる。

つまり、人間というものは国や人種を問わず、だれしも不満と悩みを持ち、孤独でやりきれなく、なぐさめを欲している存在なのだ。これがあらためて確認された。どの国の政府関係者だって、よく知っている。ただ適当な方法がないままに、手を抜いていたにすぎない。

方法がありそうとなれば、このようにすぐ手をつける。

妖精をペットとして仕立てる計画は、どこの国においても、それぞれ、たちまち好成績を示した。いや、妖精がそもそもペットとしての高度の素質を、先天的にそなえていただけのことだった。あとは増殖の問題を残すばかり。しかし、エサを大量に与えればふえ方の早いことが、すぐに判明した。

最大の被害者は、在来のペットたちだろう。人類に対し数千年の実績を持ち、そのうえにあぐらをかいていたネコも、たちうちできそうになかった。ネコは消極的だが、妖精はある面で積極的だったのだ。ただし、実用性のある犬は、この難をまぬかれた。

そういえば、鳥獣店の組合がさわいだこともあったな。老社員は社史の編集と関連して、ふと思い出した。妖精配給会社が鳥獣店に対して、多額の補償金を支払ったのも一つの事件だった。

皿のあまり物を食べ終った妖精は、彼にむかって口を動かしていた。なにか言っているらしい。老社員は、ハンケチで口をぬぐいながらつぶやいた。

「相対的に考えれば、最大の被害者は、おれということになるだろうな」

妖精がペットとしてどうすぐれていようが、彼のように耳の聞こえない者にとっては無価値なのだ。妖精によってみなが楽しむということは、彼ひとり遠くあとにとり残されたことを意味する。時どき、妖精を全滅させてやりたい、との衝動がこみあげてきたものだ。

妖精配給会社などに就職しなければよかった、と何度も考えた。だが、いまはちがう。収入は悪くないし、どこに勤めようが、みじめな思いを味わわなければならない点は、同じことなのだ。不運とあきらめるほかはない。

妖精の話し声は、耳の奥をくすぐるような響きを含んでいるそうだ。老社員は、それを知らない。もう遠い記憶になってしまったが、まだ聴覚のあった少年の日に聞いた、美しい女の子の声にでも似ているのだろうか。においにたとえれば高価な香水、味にたとえれば新鮮なハチミツ、芸術品の肌ざわり、おぼろ月夜とでもいった音なのだろうか。

新聞の記事では、くわしく報道されなかった。ラジオやテレビを通じて、あるいは実物でその声を聞けばいいのだから。

老社員の知っているのは、声に劣らず話す内容が好ましいということだけだった。

「飼っていただいて、ありがとうございます。もう、なんとお礼を申しあげたらよろしいのか……」

飼い主に対して妖精はまず、こんなことを言うらしい。いままでに、こんなペットは存在しなかった。ペットのみではない。人間のあいだにおいてさえ、お礼の言葉は失われつつあり、恐縮という美徳は消えつつあった。お礼のあいさつは実に口にしにくい言葉だが、耳にする場合、これほど快い言葉もない。

しかも妖精は、最初ばかりでなく、折にふれてくりかえすのだ。

「いままで飼っていただけたとは、なんと、ありがたいことでございましょう」

などと。だれでも他人から金を借りることができた瞬間は、ありがたがってみせることができる。また、事実ありがたいものだ。しかし、そのあと連日のごとく訪問し、確認と感謝の言葉を告げる者は、まあいないだろう。にもかかわらず、この妖精たちはみな、それをやってのけるのだ。照れもせず、ためらいもせずに。

老社員は目をとじ、自宅にはじめて持ち帰った時のことを思い出した。妻にはすでに先立たれていたが、当時はまだむすこ夫婦と同居し、ひとり暮しではなかった。

息子夫婦の喜びよう、珍しがりようといったらなかった。これで家庭内がいっそうなごやかになることだろう、と期待したものだ。そして、費用はかからない。

エサらしいエサが、いらないのだ。残り物を食べ、すっかり始末してくれる。もちろん残り物だから、多い時と少ない時がある。だが、多い時に食いだめができるらしく、少ない時にさわいだり、文句を言ったりは決してしなかった。

それどころか、エサは残り物でなければならなかった。いっしょに同じ食事を食べさせようと試みた時は、あるていど知ってはいたものの、やはり劇的な光景だった。いくらすすめても、

「飼っていただいている身分でございます。そんな図々しいことは、許されません」

と、あくまで遠慮し、絶対に食べない。こんな反応を示す点から察して、本能としてそなわっているものと思われた。ある人が「おれの好意を受けられないのか」と、どなったこともあったという。しかし、その場合もだめだったらしい。

もし「では」と答えて従ったとしたら、その好意はたちまち不快に変化する。妖精のほうでそれを知っているようだったが、実際にはそんなけはいは少しも感じられない。やはり本能なのだろう。本能とあっては強制しようがなく、あきらめるほかはなかった。飼い主に反抗する、唯一《ゆいいつ》の例といえた。

この本能が妖精を、在来の動物と区別し、はっきり特徴づけた。

老社員はいつも昼休みを、ひとりでぼんやりとすごす。他の人は妖精のたのしいささやきとともにだが、彼の場合は本当の孤独だった。

会社の事務室にもどり、午後の仕事にとりかかる。切抜きを整理し、残り物を食べる現象に関係したものを、まとめてみた。

その影響を要約すれば、社会の清潔化ということができる。余った食品を処理する手数と費用がはぶけるばかりか、ネズミ、ゴキブリ、ハエなどの減少がみとめられた。おそらく都会では、遠からず絶滅するものと予想された。予想はやがて、形をとって現実となった。したがって、伝染病、悪臭のたぐいも消えていった。

益鳥だか益獣だかしらないが、どうやら益のほうらしい。こんな投書も出はじめた。こまるのは残飯による豚の飼育だが、この比較は問題にならない。豚には、残飯でなくても、べつなものを与えればいい。

残飯で満足する妖精の遠慮ぶかさについて、説明できないこともなかった。しゃべることのほか、生産的なことはなにひとつできないことを自覚しているのだろうと。電話の取次ぎか、伝書鳩がわりの連絡用にならないかと、訓練を試みた者もあったが、さじを投げる結果に終った。

会社の研究所で時間をかけて調査し、妖精の知能指数を発表したこともあった。それによると、はるかに小さな数値だった。言葉はしゃべれても、頭はほとんどからっぽなのだ。

一時期だったが、人語をしゃべる点に関しての議論が沸騰《ふっとう》した。人道問題という形で。これらの論争の記事も、保存されている。人語をしゃべるのだから、人権らしきものを認め、同等に扱ってやるべきだ。この説をめぐっての対立だった。しばらくのあいだ、人びとの良心をちくちくと刺したものだ。

しかし妖精は食事と同じように辞退したため、しだいに問題は消えていった。同等の扱いを受けたら、同等の義務を負わされると察知したためではなく、やはり本能なのだろう。

また、どういうつもりかわからないが、物好きで熱狂的な何人かが、妖精を目ざめさせ、権利の主張をやらせようと努力した。しかし、それもむだだった。自己を主張することが、本能的にできないらしい。

非人道的といってはおかしくなるが、科学的な冷酷さで、ある実験も行われた。エサを与えない試み。しかし、妖精はエサを要求することもなく、飢えたあげくにおとなしく死んでいった。もっとも、これは一回で中止された。どの妖精についても同じ結果だろうし、また、そんな実験の楽しいわけがない。たとえ変質的な性格の持ち主でも、おとなしく苦しがらずに死ぬ相手とあっては、殺す気にならない。

老社員はたくさんの切抜きをいじり、目を走らせた。あのころは、この妖精配給会社も活気にあふれていたな、と思いながら。

だれもが争って手に入れたがった。放任しておいたら闇値《やみね》がつくし、投機や密輸の材料にもなりかねない。それをコントロールし、数をふやし、公平に配給する必要がある。それが会社の目的だった。

研究用はべつとして、まず、恵まれない人たちに優先して渡された。会社の社員は定期的にそこを訪問し、卵を回収してくる。もちろん、いくらかは不正の取引きも行われたが、これ以上の方法はほかになかったようだ。

感謝の手紙の代表的なものは、いくつかここにとってある。いちばん上にあったのは、慢性的な病気で入院しつづけている少女からのものだ。

〈ほんとに、ありがとう。まさしく、おとぎ話の妖精そのものです。そばをはなれることなく、たえず、なぐさめと激励の言葉を呼びかけてくれて……〉

自殺未遂の青年からのものもあった。自分には能力がないという、劣等感にとらわれたための行為だった。だが、妖精が配給されてから、みちがえるように気力を取りもどし、生きる希望を燃やしはじめたのだ。妖精はそばで「あなたのような、すばらしい男性はございません」という意味の言葉を、くりかえしてささやいてくれる。

最初のうちは口さきだけのおせじと感じ、にがにがしく顔をしかめる人もあった。しかし、いやみや皮肉、忠告や直言なら顔をしかめつづけることもできるだろうが、単純明快なほめ言葉。他人からは、めったに聞けない文句だ。子守唄のようにくりかえされると、やがては自然に口もともゆるむ。うそでも悪くはないじゃないか、と。そのうえ、考えてみれば、うそやでたらめではない。しゃべるだけしか能のない妖精にくらべたら、それ以下の人間などあるはずがない。

自殺未遂の青年は手紙の末尾に、もうひとつ欲しいと書いた。ほめてくれる者の数が多ければ、気分のよさに確実味が加わるのだから、当然の欲求だった。しかし、当初は許されなかった。ひとつでも所有していれば、群を抜いて恵まれた人と言うべきなのだから。

老社員は感謝の手紙の束によって、ほのぼのとした気持ちになれた。だが、それをしまうと、またも孤独な世界にもどる。不幸な人が明るくなるのはいい。しかし、耳の不自由な自分には、その恩恵は及んでこないのだ。外国には音声を文字にする装置もあるらしいし、普及しはじめているそうだ。だが、わが国では当分、望めそうにない。おれの生きているうちは、たぶん無理だろうな。

彼は、べつな切抜きに目を移す。ある学者の意見があった。恐るべき寄生生物である、という警告。しかし、それも多くの反論に押され、立ち消えになっていった。寄生かもしれないが、恐るべきものではない。地球という見知らぬ星に来たので、むしろ恐縮しているほうではないか。寄生がいけないのなら、在来のネコ、カナリヤ、金魚はどうだ、などと。

寄生の点は、だれもが気を使った。あまり突っ込むと、人類だって他の動植物に寄生しているようなものと、再認識しなければならなくなる。また、世の中において、すべて人間はだれかに寄生している形だ。あまりいい気分ではない。ふたをしておくべき問題だった。

その学者も、強く主張しつづけはしなかった。配給会社からは、特別研究用の名目で、すぐに妖精が贈呈された。老社員はその記録を対照して苦笑した。妖精を早く手に入れるための、巧妙な作戦だったのかもしれないな。

ほとんどの人が「あなたのようにおせじのきらいなかたは、めったにございません。なんという高い見識でございましょう」という文句で陥落する。これはシェークスピアの書いた「ジュリアス・シーザー」のなかにもある文句だそうだが、こと、ほめ言葉に関してだけなら、妖精も文豪に匹敵する天才といえた。

妖精はよく繁殖してくれ、普及も順調だった。かつてのテレビ以上の速度だった。もちろん、テレビとちがって大量生産のできるものではない。だが、等比級数的な繁殖のため、普及を示すグラフの曲線は、またたくまに上昇した。

テレビで思い出し、老社員はテレビ関係への影響の資料の束を手にした。映画を駆逐し、読書を押え、安泰な帝位にあったテレビ関係者もはじめてあわてた。ある程度だが、妖精普及への妨害工作があったと、会社の記録に書かれてある。

テレビ番組がどんなに大衆にこびたところで、画一という限界を越えることはできない。だが妖精のほうは、個人のそばについていて、適切な、ぞくぞくする言葉で、ほめたたえてくれるのだ。

四十歳に近い独身女性にとって、若さにあふれるテレビ番組を見るより、そばでたえず「あなたはお若い、あなたはお美しい」と、ささやいてくれる妖精のほうが、はるかに好ましい存在だ。四十歳の独身女性でなくても、六十代の既婚女性、十代の少女だって同じことだ。また男性にしても……。

テレビはしばらく悪あがきをつづけたが、共存によって生きのびようとした。そして、それは成功した。つまらない番組を、つまらないタレントにやらせ、電波にのせるのだ。聴視者の側近の妖精が「ごらんなさい、あなたでしたら、ずっとすばらしくおやりになれましょう」と発言するための、タネを提供する形だった。といっても、妖精は飼い主をほめたたえはするが、番組を直接にけなすことはない。番組のみならず、けなすという能力を先天的に持っていないのだ。

この方針がディレクター、台本作家、原作者、タレントなどをくさらせたことは、いうまでもない。彼らは恵まれない人と認定され、妖精が優先的に配給された。たとえば、作家に対して妖精はこう言う。

「気の進まないお仕事をなさるのは、さぞ、おつらいでしょう。しかし、あなたのすぐれた、たぐいまれな才能は、だれがなんといおうと、よく存じあげております」

ディレクター、タレントの場合も大差なかった。こん畜生、なにもわからない知能指数ゼロのやつのくせに、と一時は不快になる。だが、自分の才能への賛辞を連呼してくれる妖精だ。ひねりつぶすことも、できない。まして、いつも他人からけなされつづけてきたのだから。

ひねることによって妖精が簡単に死ぬことは、すでに研究所で発表していた。

あらゆる分野における批評家も、同じ悩みを味わった。強い調子で「あいつには才能がない」と、どんなに攻撃をしても反応がないのだ。攻撃された人たちは、決して奮起しようとしない。人間による批評よりも、側近にいる妖精の賛辞のほうが、はるかに強力だった。

いっぽう妖精は、そんな批評家を「がっかりなさることは、ございません。あなたの批評眼、論旨の正しいことは、だれがなんといおうと、よく存じあげております」と、なぐさめてくれる。そのため、不満を酒でまぎらせたりする必要はなくなった。バーなどに出かけるより、かず少ない理解者、支持者である妖精とともにすごすほうがいい。

バーのマダムの場合も、その不景気のなげきを、妖精がやさしくなぐさめてくれる。

「このごろ一段とお美しくなり、気品が増してきたようにお見うけします。それで、お客が近よりがたく感じはじめたためでございましょう」

はたしてそうなのかどうか、みにくくなって景気を回復し、たしかめてみようとしたマダムはいなかった。いつもは心にもないおせじを連発しているマダムも、いや、そのためにかえって、おせじには弱い。青年に小遣いを与えて、おせじを言わせたりする必要はなくなった。金銭ずくでないから、妖精のささやきは清潔で快い。

青少年への普及につれ「大人はわかってくれない」という慣用句は、どこかへ行ってしまった。妖精が「よくわかっております。あなたの輝かしい未来、すばらしい天分は、よくわかっております。試験の成績が少し悪くても、それぐらいで傷つくようなものでは、ございません」と、何度も話しかけるのだ。子供はたわいない。不満はすぐに消え、非行にも走らない。

手持ちぶさたの警察関係者も、やはりそばには、妖精がいる。

「悪をにくむ非情なほどの正義感、犯人を追うすばらしいお腕前は、よくわかっております。いらいらなさることは、ございません」

非情な勝負の世界に生きる勝負師たちも、同じだった。負ければ「不運のせいでございましょう。実力ではあなたのほうが、格段にすぐれていらっしゃいます。このつぎは、もちろんお勝ちなさいます」としゃべりつづけてくれる。そして、つぎに勝つこともあるのだった。なぜなら、勝てば勝ったで妖精が、それこそあらん限りの飾りたてた賛辞を連呼し、練習がおろそかになり、油断を生じるからだ。非情な世界という感じは薄れていったが。

このように、あまり目立った被害者もあらわれず、妖精は普及をつづけた。耳の遠い老社員をとり残して。

老社員は、べつな封筒のなかみを出した。一家にひとつの時代から、ひとりにひとつの時代に移ったころの資料。だれしも自分専用のを持ち、独占したかったのだ。

「会社が規模を縮小した時期だったな」

と、彼はひとりごとを言った。配給制を廃止し、自由にまかせたのだ。まえから予想されていたことでもあり、人員の他への配置換えもスムースに進んだ。一時的に値が上がったが、まもなく下がった。妖精はふえつづけているのだ。

ふえすぎる心配は、なかった。ふえるな、との意思表示をすれば卵をうまなくなる、という研究結果が、すでに公表されていた。簡単きわまる避妊法だった。しかし、だれもこの避妊法を実行しなかった。自由制になり統計がとれなくなったが、数のふえつづけているのは確実だった。だれでも、できるものなら妖精をたくさん所有したい。

「ああ、あのころだったな。むすこ夫婦が離婚したのは……」

と、老社員は回想し、不愉快そうなつぶやきをもらした。耳が不自由なため、離婚問題にはあまり介入しなかった。また、むすこ夫婦の意向も、束縛したくもなかったのだ。しかし、介入し、束縛しようとしてもだめだったろう。妖精にたちうちはできないのだ。

原因はちょっとした口論で、それを双方の妖精が助長したのだろう。「そうですとも。あなたの言い分は、いつも正しいのでございます。よく存じております」と、ささやいたにちがいない。それで破局にいたったのだ。老社員は、こう推察している。

それぞれが、決して苦言を呈さないおかかえの弁護士、身上相談回答者を持っているような状態なのだ。苦言を呈さないかわりに、相手を批難することもない。妖精はだれからもうらまれない。犬よりも始末が悪いな、と老社員は思った。飼い主への忠実も、ほどほどであったほうがいい。

この種の離婚の例は多かった。週刊誌からの切抜きも、たくさん保存してある。そして、再婚はめったになかった。だれも問題にしなかったのをみると、それでいいのだろう。耳の不自由な者には、想像しにくいことだった。

このころを境に、新聞記事はへりはじめた。事件はいろいろあったのだろうが、妖精を原因とする異変には、あまりニュース性がなくなったのだ。目立ったことといえば、ここの会社が調査し政府に進言し、外出の際に携行できるのは妖精ひとつに限る、という法律の立法をうながし、成立した記録ぐらいだった。ひとりで多くの妖精を連れて乗り物に入られては、混雑がはげしくなる一方。乗客もまた、自己の妖精を他人にひねりつぶされることを好まない。帽子がわりに頭にのせ、通勤するのがありふれた光景となった。

老社員がひとり暮しになってしまったのも、やはりそのころだった。いや、彼のむすこがひとりで暮したいと言い、家を出てしまったのだ。思いとどまってくれ、とひきとめたがだめだった。

彼は新聞や雑誌を調べ、これを扱った記事があれば読みたいと思った。だが、ひとつもない。問題にされないのは、家族との同居より妖精との同居を好むのが常識であり、いまさら説明を要しないからだろう。

時たま老社員は、休日を利用し、むすこの住居を訪れてみる。たしかに、べつな意味で同居する気になれないと感じる。彼の好まない妖精が、部屋いっぱいにいるのだ。床の上、机の上ばかりでなく、椅子の背、本棚、さらに天井からもぶらさがっている。コウモリの洞穴、ヒヨコの孵化場にまぎれ込んだ気分になってしまう。においのないのがまだしもだが、灰色の妖精どもがうごめいている眺めは、どうしても好きになれない。

訪問しても、むすこは、すぐに気がついてくれない。むすこは椅子にかけて目をつぶっているし、妖精どもの口はうごいている。部屋に立ちこめる、おせじのハーモニーにひたりきっていて、他の音は耳に入らないのだろう。甘言しか口にしない、大勢の三太夫にとりかこまれていた、むかしの殿さま以上の心境なのだ。

老社員はいつも、すぐに引きあげてしまう。忠告してやりたいのだが、そんな行為は存在しない。だれの生活もこうなのだから、忠告の根拠を求めようがない。しかも、自分はまだ、妖精配給会社の社員ではないか。

しかし、帰りがけに老社員は、ちょっと解放感を味わえるのだった。自分も孤独だが、安上がりの取巻きとともに暮している、むすこをはじめ他の連中とくらべたらどうだろうか、と。ひとりで荒野に立っているのと、鏡張りの部屋に閉じこもるのとのちがいぐらいは……。

老社員は首をふり、ふたたび資料をいじる仕事に戻った。人口の増加が下り坂になった記事もある。結婚が少なくなったためだ。妖精以上の甘い言葉をささやきかけてくれる異性の、あるわけがない。また、妖精に甘やかされていると、他人に甘い言葉をささやく気になれるものではない。甘い言葉は聞くものであって、自分で言うものではない。そしてまた、甘い言葉は、いくら聞いてもあきないものだ。

人びとはだれも、妖精という袋に包まれている。人間どうしの関係は、必要なことを除いて、ばらばらになったままだった。

妖精の知能指数は、研究機関で定期的に測定されている。だが、いっこうに利口にはならなかった。先天的に限界があるらしい。それでいいのだろう。いや、それだからこそ、反感を受けることなく、安全地帯で生存と繁殖をつづけられる。

老社員は時計を見た。退社時刻はまもなくだ。資料の不足分は、きょうも届かなかった。学者たちに依頼してある、益か害かの最終的な報告書のことだ。学者たちはいまさらと考え、急ぐことはないと、のんびりしているのだろう。

彼は切抜きを封筒にしまい、事務室を見渡した。みな、のんびりとしていて、かつての活気のおもかげはない。会社の使命が終ったからだろうか。

それとも、自分がとしをとったための、気のせいだろうか。だが彼には、社会全般が不活発になったと思えてならなかった。

机の上を片づけ、老社員はぼんやりと想像した。学者たちは、どんな結論を下すだろうか、と。やはり益だろうな。害の点は考えられない。しいてあげれば、たくさん飼ったら、エサがそれだけ多くいることぐらいだろう。しかし、そんな苦情の記事は、まだ読んだことがない。妖精のためならと、他の出費を抑えているのだろう。

だが、老社員の心には、なんとなく、なっとくできない気分があった。そして、最悪の方向に想像を伸ばしてみた。他の星から偶然に流れついたのでなく、計画的だったのでは……。

「あ……」

と、彼は短く叫んでいた。人類の発展をさまたげるのが目的かもしれない。その時、肩をたたかれ、課長がメモを机の上に置いた。

〈どうかしたのか〉

老社員は答えた。

「いえ。なんでもありません」

根拠のない空想なのだ。つまらない妄想《もうそう》を熱心に主張しても、だれもとりあげないにきまっている。耳の遠い男のひがみと思われるのが、おちだ。それに老人だ。さきも長くない。また、だれのために憂えてやる必要があるのだ。おれの知ったことか。たとえ妖精が出現しなかったとしても、どうせ、これに似た世の中になって行くのだ。

退社の時刻がきた。耳の不自由な老社員は、灰色の妖精を頭にのせ、静かに帰途についた。

恋がたき

春の夜。忍びよってきた暖かさが、肌にまつわりつくような夜。窓の外にひろがる闇のなかで、桃の花が静かに咲いているけはい。

ため息が流れ、燭《しよく》の灯《ひ》がかすかに揺れた。だれだって、こんな夜には悩ましくなる。まして、恋しい相手があって、それが思うにまかせぬ状態では、狂おしくならざるをえない。

洛陽《らくよう》に住む、この張《ちよう》という男の場合が、まさに、それだった。椅子にかけたまま、ぼんやりと窓のそとを眺め、その闇の上に頭のなかで、ひとりの女性を描き出す。笑いかけ、ため息をつき、しばらくして首を振って、その想像を消す。さっきから、これを何度となくくりかえしていた。そして、そのあいまには、こうつぶやく。

「ちくしょうめ、あの李《り》のやつさえいなければな」

たしかに、恋がたきの李さえいなければ、この恋はもっと順調にゆくように思えた。しかも李には、頭においては劣るが、図々しさにおいて勝るという特徴があって、張とは正反対。ほかのことならべつかもしれないが、恋の争いではこれが物を言う。張は不利を自覚しないわけにいかなかった。

考えれば考えるほど、悩ましさはつのり、また、いつのまにか闇の上に女の姿を……。

「だが、こう悩んでいるだけでは、解決にはならぬ。といっても、図々しさは、すぐには身につかない。なにか、いい方法は……」

張はぶつぶつ言いながら、思いついたように立ち上がり、燭を手に書庫に入った。やがて、片すみから古ぼけた本をさがし出した。

「これだ、これだ。これを利用すればいい」

踊るような足どりで、部屋に持ち帰ったその本は、先祖から伝わったもので、鬼神を呼び出す法がしるしてある。ところどころ虫に食われ、ひらくと古びた紙のにおいが立ちのぼったが、彼は熱心にそれを試みはじめた。

護符を椅子に貼《は》り、酒の霧を吹きつけ、床にひざまずいて呪文をとなえた。どこからともなく煙がわき、物の動く音がした。呪文をとなえ終った張が顔をあげると、長い棒を手にした、見なれぬ男が椅子にかけていた。

「よくおいで下さいました。ぜひ、わたしの願いをききとどけて下さいませ」

と呼びかけた張に、相手は答えた。

「なにか用かね」

「供え物ならば、いくらでもいたしますから、ぜひ、ある人を殺していただきたいのです」

「供え物をしてくれるのはありがたいが、あいにく、わたしにはそんな力などない」

「そんなはずは、ございませんでしょう。鬼神なら、人の命をかげんすることぐらい、簡単にできることと存じますが」

「ははあ、まちがえましたな。もちろん、鬼神ならできますが、わたしは単なる鬼で、鬼神の下っぱです」

「どこでまちがえたかな」

と、言いながら、張が本を調べてみると、かんじんの部分が虫に食われて、なくなっている。どうりで、鬼神にしては少しばかり安っぽい。がっかりする張にむかって、鬼が言った。

「お役に立てなくて、お気の毒です。わたしには生死の決定を下す権限はなく、ただの死者運送係にすぎません。死者をこの棒の前と後にぶらさげ、肩にかついで冥府《めいふ》に運ぶだけの役目。まったく情けない地位ですよ」

鬼は、持っていた棒をふりまわした。張もいささか同情し、酒を飲ませながら話しかけた。

「そんな原始的な方法で、運んでいるとは思わなかった。だが、いつも前後の重さが釣りあうとは限らないだろう」

「そこは、うまくできています。だれかが死ぬと、まもなく、それに釣りあう重さの死者がでることになっています。たとえば、健康だった者が急死するとか、不慮の災害などは、そのためです。そうでもなかったら、運びにくくてたまりませんから」

「なるほど、運送のつごうで人間が死ぬ場合があるとは、思わなかった。ひどい話だ」

「だけど、運ぶほうの身にもなって下さいよ。このきまりがなかったら、滞貨ができて、たいへんです」

「それで、その釣りあう相手というのは、前からきまっているのかい」

張は興味を示し、鬼は少し酔って口が軽くなっていた。

「ええ。その場になってあわてないように、目印をつけてあります。だれかが死ぬと、それと同じ目印の人のそばにいって待っていれば、その人がまもなく死んでくれることになっているのです」

「目印だと。どんなぐあいに、つけてあるのだ」

「ホクロですよ。釣りあう相手に、同じようにホクロがつけてあるのです」

「うむ。なるほど、そうだったのか。いったい、ホクロとはなんのためにあるのかと、前からふしぎに思っていたが、その目印とは知らなかった。すると、ホクロの同じ人間をみつけて、一方を殺せば、まもなく片方も死ぬというわけだな」

「まあ、そういうわけですね。だが、どうして、そんなことを聞くのです。あまりさわぎを起さないで下さいよ。われわれの仕事が、ふえるばかりだ」

呼び出したのが鬼神でなかったのは残念だったが、張は一応の収穫をえた。

「大丈夫さ。いや、ありがとう」

鬼はふたたび煙とともに、どこへともなく消えていった。

つぎの日。張は川のほとりの道で、李と出あった。いつもなら、そしらぬ顔でおたがいにすれちがうところだが、きょうはちがう。

李のホクロを調べ、それと同じホクロの持ち主をさがし出し、そいつを殺す計画を立てたのだ。恋がたきを殺せばすぐに怪しまれるが、この方法ならつかまりっこはない。張はにこにこしながら李に近づき、顔をのぞきこんだ。

「やい。なんだって、ひとの顔を、じろじろ見つめるんだ」

と李はどなった。

「いえ。なに、ちょっと」

「おい。いんねんをつける気か」

ただでさえ、恋がたきで面白くないやつに、わけもなく、にやにや顔で見つめられたら、腹にすえかねる。

「なんでもありませんよ」

「わけを言え」

李に首をしめられ、気が遠くなりながら、張は計画の不備と、相手の悪かったことをさとったが、すべてはあとの祭りだった。


「ほら、やっぱり世話をやかせたじゃありませんか。まったく、休むひまもありゃしない」

冥府への道を歩く鬼の、ぶつぶつこぼす声を、張は棒の前につり下げられながら聞いた。

「いや、やりそこなって、まことにあいすまない。それに、わたしの道づれとなって、うしろに下げられている人には、おわびのしようもない。どんな人かは知らないが」

「あなたを殺して、その罪で死刑になった人です。ホクロは二の腕に、ちゃんと同じようにつけてありましたよ」

作るべきか

「やれやれ、やっと設計図ができた。これまでの計算はやっかいだったが、この組立てについては、そうむずかしいこともなさそうだな」

あまり上等でない一室、つまり彼の住居兼研究室のなかで、ウォルサムはこう言いながら、机の上に鉛筆をおいて、一息ついた。いま彼が書き終えた図面は、かつてだれひとり成功しなかったタイムマシンの設計図なのだ。

彼は真夜中近い静かさのなかで、図面を眺めて、ひとり心ゆくまで満足感を味わった。思えば、学校を出てからのこの十年間というものは、生活を切りつめ、あらゆる楽しみと遠ざかって、すべてをタイムマシンの完成のために打ちこんできた。

だが、もうこの苦しい生活とはお別れ。宝庫の鍵は手に入った。時間を越えて、欲しい物はなんでも手に入れることができる。古代の宝であろうが、未来の想像もつかないような製品であろうが。彼は、約束されたこれからの豪華な生活を想像し、夢心地にひたった。

その時、廊下に荒々しい足音が近づき、ドアが勢いよくあけられた。ウォルサムはふりむいて、

「いまごろ、どなたです」

「だれでもいい。おとなしくしろ」

帽子をまぶかくかぶった、その声の主は、ドアをしめ、拳銃をむけていた。

「泥棒なら、おかどちがいだ。ごらんの通りの貧乏ぐらし。金はこれだけしかない。さあ、乱暴はしないで、これを持って帰ってくれ」

彼は紙入れを男の前に投げながら、気づかれないように、つま先で非常ベルを押した。しかし、男は紙入れには目もくれずに言った。

「金はあとで、たんまりいただくつもりだ。だが、その前に、もらわなくてはならない物がある」

さては、とウォルサムはあわてた。いままで、だれにも話さず、ひそかに研究してきたはずなのに、どこからもれたのだろうか。そこで、

「では、この図面か。これだけは困る。悪用されたら、世の中がめちゃめちゃになる。絶対に渡すわけにはいかない」

と、思わず口走った。だが、男はにやりと笑いを浮かべた。

「あわてるな。そんな図面など、欲しがるものか。おれの欲しい物はべつの品だ」

「そうか。この図面以外に欲しいものがあるのなら、なんでも勝手に持っていってくれ。もっとも、たいした品もないが」

ほっとし、さっきの非常ベルで、だれかが来そうなころだと、ドアのほうに目をやった。

「きょろきょろするな。非常ベルのコードは切ってある。では、おれの欲しい物を、もらっ

ていくぜ……」

男は銃口のねらいを、ウォルサムの胸につけた。

「……欲しい品というのは、おまえさんの命さ」

「待ってくれ。わたしはしがない発明家だ。他人にうらまれる覚えはない。だれかと、人ちがいをしているのだろう」

「いや、そうわかっていて殺すのだ」

ウォルサムは、自分のからだが凍ったように感じた。叫ぼうにも、声はでなかった。男は息をつめ、引金にかけた指に力をこめようとした。わけがわからないながら、観念せざるをえない。

だが、轟音《ごうおん》はおこらず、にぶい音がして男は床の上に倒れた。男がウォルサムに気をとられている間にドアからしのび込んだ者が、スパナを男の頭に力いっぱいふり下したのだ。

「いや、おかげで助かりましたよ……」

と、礼をいいかけて、息のとまるような驚き。鏡にむかっているのではないかと思われるほど、自分とそっくりの人物だったのだ。しばらくたって、がまんしきれずに口に出して聞いた。

「失礼ですが、あなたはどなたでしょうか」

「わたしはウォルサム」と相手は答え「ぐずぐずして人に見つかると、うるさい。では、これで」

「ちょっと待って下さい。この死体は、どうしましょう。わたしが疑われてしまいます」

この男に聞きたいことは山のようにあったが、まず当面の問題は死体だった。

「よし、始末しよう」

ウォルサムと称する相手は、拳銃をポケットに入れると、死体をかつぎ、目をくばりながら廊下から出ていった。ウォルサムはあまりにも意外な事件の連続で、しばらく呆然《ぼうぜん》と見送っていたが、そのうち急にわれにかえり、あわててあとを追いかけた。だが、夜の街路では、すでに見つけようがなかった。

ふたたび部屋にもどった彼は、いまのは夢ではなかったのか、と疑ってみた。そして、拳銃を持った男の「非常ベルは切ってある」といった言葉を思い出した。配線を調べてみると、コードはたしかにドアの外で切られていた。

夢ではない。とすると、なぜあの男が私を殺そうとしたのだろう。顔をもっとよく見ておけばよかったが、どう考えてもひとに殺される覚えはない。しかし、それにもまして不思議なのは、危機を救ってくれたウォルサムと称する男だ。名前が同じなのはあり得ることとしても、自分とそっくり、いや、自分とまったく同じではないか。

ウォルサムは、いろいろ考えてみたが、結論の得られぬまま、ふと机の上に目を戻した。タイムマシンの設計図。

「わかった。説明はこれでつけられる。タイムマシンで未来から助けに来たわたしに、ちがいない。まもなくわたしが完成させ、それを使って時間旅行をするのだから、これくらいのことは起っても、おかしくはない」

彼は自分の設計によるタイムマシンの性能が、いまの事件によって証明されたように思えた。

ところで、いつ、いまの自分を助けに戻ればいいのだろうか。さっき会った未来の自分に、よく聞いておけばよかったが、まあ、いつでもいいのだろう。しかし、義務をはたすには、早いほうが気が楽だ。第一回の運転の時にでも、やることにするか。いずれにせよ、設計が完了し、性能が証明されたのだから、こんなけっこうなことはない。

久しぶりに、ぐっすりと眠れた。

つぎの日、ウォルサムは昼すぎに目覚めた。

「やれやれ、よく眠った。だが、これからすぐに建造にかかることもないだろう。ひとつ、前祝いをやるとするか」

部屋を片づけ、身なりを整えて外に出たころには、夕方ちかくになっていた。

「これはお珍しい。ウォルサムさん。あなたがおいでくださるとは」

バー・ナルダンのマスターは迎えた。ウォルサムは首をかしげた。

「よくわたしを知っていますね」

「銀行で時たま、お目にかかっていますよ」

「そうだったな。もっとも、同じ銀行に行くにしても、わたしは借りるほう。そちらは預けるほうだ。だが、わたしも、いよいよ預ける立場になりますよ」

「それは、けっこうなことです。だいぶうれしそうですが、なにか、よほどいいことでもあったのですか」

「ああ、いままで努力したかいが、あったというものさ。きょうは大いに飲むとしよう」

マスターは、グラスにつぎつぎと酒をみたした。

「あなたが、そんなにお飲みになれるとは、知りませんでした」

「飲みたいのを、がまんしていたのさ。だが、もうこれからは、なんでも自由だ。どんな古い酒でも手に入る。酒を買って穴に埋めておいて、未来にでかけて掘り出せば……」

「なんですって」

「いや、なんでもない」

「ずいぶん、お酔いになったようです」

「大丈夫だ」

だが、何年ぶりかの多量の酒は、ウォルサムを千鳥足にした。心配げにドアからマスターが見送るのをあとに、彼は道路によろけ出した。その時、勢いよく走ってきたトラックが、彼をはね飛ばして走り去った。ウォルサムは十メートルばかり先の舗道に、音をたてて落ちた。

「けがはどうです」

と、かけよったマスターが助けおこした。

「いや、なんともない」

「とても助からない飛ばされかたでしたよ。いま救急車を呼びますから、動かないで下さい」

「大丈夫だ」と彼は立ち上がり「驚いたせいか、酔いがさめてしまった」

「まったく、信じられない出来事だ」

というマスターの声をうしろに、彼は部屋に帰った。

「じつのところ、自分でも信じられないことだ」

と、ウォルサムもつぶやいた。普通なら死んでしまうほどの事故だった。だが、なぜ死なかったのだろう。その時、目はまた自然と、机の上の設計図にひきつけられた。

「これだ、これだ。これを完成して、昨夜の自分を助けるという行為をするまでは、死ぬわけにはいかないのだ」

彼は念のために、時間旅行の複雑な公式を使って計算してみた。酔いが残っているのではないかと、何回も計算をくり返してみたが、出る結論は同じだった。

将来において、過去に戻り、その行為をおこなわなければならない。

この答の上を指でつついた。自分には、この義務がおわされている。それをはたすまでは、死ぬわけにはいかない。

「と、すればだな」彼は発明家としての性格で、この思いつきを発展させ「義務をはたさなければ、いつまでも死なないですむ、ということになる」

あの事故で、かすり傷ひとつ受けなかったのだ。義務をはたすまでは、時間の持つ作用が自分を守ってくれるにちがいない。で、タイムマシンの完成でひと財産作るべきか、それとも、タイムマシンをあきらめて不死を選ぶべきか。そこが問題だ。

しかし、いずれにしても悪いことではない。彼は、この晩もぐっすり眠った。

つぎの日、ウォルサムは公式による計算をもう一度やりなおし、結論をたしかめて部屋を出た。

「こちらで実験の志願者を募集しているそうですが、わたしでよろしかったら……」

「これはこれは。とても集りそうにないので、死刑囚のなかからの志願者だけで、やろうかと思っていたところでした」

宇宙医学研究所長は、感激して迎えた。人体の耐える加速度の限界を測定するための、決死的な志願者があらわれたのだから。

「謝礼は充分でしょうね」

「それは、もちろんです。だが、万一の際は覚悟していただかないと」

「死んでしまったら、文句の言いようもありませんよ」

死刑囚たちにまざって、実験がはじめられた。ときには不安が高まらないでもなかったが、彼は時間の力を信じてがんばりつづけた。時間もそれにこたえたのか、テストを重ねるうちに、ひとり生き残った。

「ウォルサムさん。あなたのからだは特別です。謝礼はもちろんさしあげますが、あなたのからだを標準にして、データをとるわけにはいきませんな」

こうして、ウォルサムの信念はかたまった。

「不死さえ手に入れば、タイムマシンなんかなくても、すべての未来はおれのものだ」

彼はついに不死を選び、苦心の設計図を破りすてようとした。だが、さすがにもったいなく、手がふるえた。

「なにも破ることはない。要するに、作りさえしなければいいのだ」

彼は図面を畳み、書類入れにしまった。生命が保証され、金まわりが良くなれば文句のあるはずがなかった。

そして、ウォルサムは、高速ボートのテストパイロットに職を得た。しばらくの訓練は苦しかったが、それがすめば、あとは楽な作業だ。新しくできたボートに、乗ってみるだけのことなのだ。

ボートは時どき事故を起こし、ある時は爆発や予想外の分解もあった。しかし、いつも彼は奇跡的に脱出した。

不死と金銭ばかりでなく、名声も加わったのだ。したがってウォルサムのまわりには、多くの女性がむらがるようになった。彼はその女性のなかから、最も美しいオメガをえらび妻とした。

オメガは、たしかに美しかった。だが、性質までも、とはいえなかった。つまり、たちのよくない女だったのだ。彼女はウォルサムの目を盗み、モバードという、これまた、たちのよくない男とのあいびきを重ねた。

「あの人の財産といったら、調べれば調べるほど大変な額なのよ」

「だからこそ、おれたちがこう苦心しているのだ。ああ、早く手に入れたい」

と、モバードの口調は、いらいらしていた。二人の関係は、あいびきの段階をすでに脱し、陰謀にまで進んでいた。

「でも、本当に変なのよ。こないだは、例の毒薬。決して検出できないというのを、お酒にまぜて飲ませたんだけど、ちっとも効かなかったわ」

「飲ませかたが、たりなかったんじゃないかな」

「致死量の三倍ぐらい使ったわ。あの人、財産はあるのに、生命保険に入っていないのよ。不死の術でも知っているのかもしれないわ」

「そんなことはないだろう。拳銃で心臓をねらえば、死ぬにきまっている。だが、つかまらないようにやるのは、むずかしい。そこが苦しいところだ。なにか、いい方法はないものかな」

「あの人が大切にしている金庫のなかをさぐったら、こんな図面があったわ。意味ありげな機械だけど、なにかしら」

オメガは思いついたように、ハンドバッグをあけて、図面を出した。モバードはそれをのぞきこんだ。

「なんだ、タイムマシンの設計図と書いてあるぞ。ははあ、これを使って未来の危険を察知し、あらかじめ防いでいるのだな」

「だけど、彼がこんな機械を組立てたようすもないし、持ってもいないわ」

モバードはしばらく、その図面を眺めていたが、

「この図面から見ると、そう作りにくい装置ではなさそうだ。これは面白いことになるぞ」

「このタイムマシンとかいうのは、なにかの役に立つものなの」

「ああ、これに乗れば時間を移動できる。だから、過去にさかのぼり、拳銃で彼を殺せば、完全犯罪ができそうだ」

「よくはわからないけど、うまくゆくかしら」

「うまくゆくとも。いずれ手に入る金にくらべたら、作る費用など、たかが知れている。では、さっそくとりかかろう。きみのほうは、ウォルサムがむかし、どこに住んでいたかを調べておいてくれ」

計画は立てられ、モバードは、図面をもとに建造に着手した。

しかし、ウォルサムのほうでも、オメガのそぶりのおかしいのに気づいた。そして、ついにモバードなる男の存在をつきとめた。家に忍び込み、彼はそこに自分の設計になるタイムマシンのあるのを見て、驚いた。

「どうも変だと思ったら、こんなものをつくりやがった。だが、やつらはこれで、なにをたくらんでいるのだろう」

ふしぎがっていると、足音が聞こえた。ウォルサムは急いで、タイムマシンのふたをあけ、荷物入れの奥にもぐりこんだ。自分の設計だけあって、勝手は知っている。耳をすませてい

ると、声がした。

「うまくやってね」

と、オメガの声。つづいて、それに答えるモバードの声。

「もちろんさ。この拳銃の弾丸をうちこめば、いくらウォルサムだって参るだろう」

「荷物入れには、なにもつまなくていいの」

「拳銃だけでたくさんだ」

かくれているウォルサムは、ひやりとすると同時に、かっとなった。会話はつづいて、

「あたしは、ここで待っているわ」

「すぐに戻るさ。帰ったら、財産はきみの手に、きみはおれの手に、というわけだ」

かすかな音がおこりはじめ、吸いこまれるような気分におそわれた。

「よし。このへんでよかろう」

声とともに、タイムマシンは停止。そとは夜、モバードの家が建てられる以前の空地だった。モバードは拳銃を手に、かつてのウォルサムのアパートにむかう。ウォルサムはつぶやきながら、あとを追った。

「とんでもないやつだ。わたしをなきものにし、金とオメガとを手に入れようといっても、そうはさせん」

そのうち、モバードはついにアパートに入り、非常ベルのコードを切って、室内に侵入した。ウォルサムがドアに耳をつけると、聞き覚えのある会話がはじまっている。

「いまごろ、どなたです」

「だれでもいい。おとなしくしろ」

なるほど、こういうわけだったのか。しかし、ここでへたに手を出すと、せっかく手に入れた不死身の能力を、捨てなくてはならなくなる。思案をしていると、問答は進んで、

「欲しい品というのは、おまえさんの命さ」

というところまで進展した。しかし、あの当時の自分は、まだ不死身ではないのだ。ほっておいたら、死ぬかもしれない。と同時に、いまの自分も消滅するおそれがある。もはや、公式を使って計算するひまも、考える余地もなかった。過去で殺されていて、現在は健全ということは、ありえないと判断すべきだろう。

ウォルサムはドアをあけ、タイムマシンの荷物入れから持ってきたスパナを振りあげ、モバードの頭めがけて、力一杯なぐりつけた。

一刻も早く引きあげたかった。だが、なにも知らない、むかしのウォルサムのほうが、うるさく話しかけてきて、それを打ち切ろうとしたら、死体を押しつけられた。

彼はタイムマシンのおいてある場所に戻り、死体をつみ込んで運転席についた。操縦法は知っている。

装置は、未来へと進みはじめた。だが、まもなく音がおかしくなり、不規則さは激しくなってきた。

「なんだ。いいかげんな材料で作るから、こんなことになる。どうもブレーキがおかしい」

だが、彼は設計者。なにか、まにあわせの部品はないかとさがすと、ポケットの拳銃が手にふれた。それを利用し、応急の修理をすることができ、現在へと帰りついた。オメガの期待にあふれた声が待っていた。

「うまくいったの」

「ああ、この通りだ」

ウォルサムは、モバードの死体を投げおろした。オメガは目を見開き、口をも開き、そののどから金切声を響かせた。

「助けて。人殺し」

「静かにしろ」

だが、声がおさまるはずはなく、それを静めるには、スパナでなぐる以外になかった。

ドアをたたく音がし、警官らしい声がそとから聞こえた。

「なにごとです」

「なんでもありません。ちょっと待って下さい」

ウォルサムは、ドアに鍵をかけた。少しだけ、待ってもらえればいい。あわてることはない。ここにはタイムマシンがある。さて、自分が乗って逃げるべきか、死体を乗せて未来へでも送ったものか。

しかし、ふりむいた彼の前には、なにもなかった。応急処置のブレーキがゆるみ、勝手に動き出し消えてしまったらしい。二つの死体をかくすひまもなく、ドアを破って警官が入ってきた。

「どうしたわけです。この二人を殺したのは、あなた以外にありえませんね」

ウォルサムは、苦しい弁解を試みた。

「正当防衛なのです。このモバードが、わたしを殺そうとしたのです」

「なにを使ってです。相手の凶器はどこですか」

答えられるわけがない。ウォルサムの目は、文字通り遠い未来をみつめているようだった。

警官は手錠をかけながら言った。

「あなたは、ウォルサムさんでしょう。不死身のうわさの高い……。だったら、死刑をこわがることも、ないじゃありませんか」

ハナ研究所

「所長。お客さまがおいでです」

と、助手が取りついできた。研究所長のエヌ博士は、机から顔をあげて言った。

「そうか。どなただ」

「出資者連合の代表のかたです」

「よし。応接室のほうに案内しておきなさい」

博士は、落ち着いて指示した。この研究所の資金を出している人たちの代表が訪れてきたのに、博士はそうあわてなかった。研究してやっている、という心境だったし、事実もまた、それに近い状態だった。

窓からは、すがすがしい空気が流れこんでいる。このハナ研究所という愛称を持つ建物は、都会をはなれた静かな高原に建てられていた。空気もよく、川の水もきれい。花畑と温室とが所属し、いつも、各種の花々が美しく咲いていた。研究所の愛称の由来の一つは、ここにあった。

そして、そのもう一つは、所長のエヌ博士の肉体的特徴にあった。彼の鼻が人並はずれて大きかったのだ。偉人は鼻の大きい人に多い、と昔から言われているが、博士の場合もその例にもれなかった。

もっとも、ただ大きいだけではどうしようもないが、博士の鼻は実質においてもすぐれていた。においについて、とくに敏感だったのだ。彼はその能力を生かし、すばらしい成果をあげてきた。といっても、埋めてある宝物をかぎ当てた、といったものではなく、いまや最も重要な分野での研究を完成したのだ。

すなわち、商品の売上げ増加法。現代では、販売の成否がすべての勝負であるとされている。そのために、テレビ、ポスターによる大がかりな宣伝から、犯罪すれすれの押売りに至るまで、あらゆる方法が行われている。しかし、博士の研究は一種独特なものであった。

エヌ博士は応接室に入り、来客にあいさつをした。

「お待たせしました。どうでしたか、わたしの研究の成果は、すばらしいでしょう」

「はい。みごとなものでした。信じられないほど、いっぺんに売上げが上昇してきて……」

相手にみなまで言わせず、博士は得意げな口調で、あとをつづけた。

「そうでしょうとも。当然のことです。あのわたしの発明は画期的なものです。人間の警戒心をゆるめ、顔の表情をゆるめ、財布の口をゆるめさせる作用を持ったにおいです。その香料を製品につけておく。これほど簡単で、直接的で、能率的で、また絶対的な方法はありませんよ」

来客はあいづちを打ちながら、

「先生はどんなことから、そのアイデアを得たのですか。まさか、毒ガスからでは……」

「いや。そんなぶっそうなことからでは、ありません。ネコに対するマタタビの働き、昆虫を呼び寄せる花のかおり、ジャコウジカをはじめ、動物たちがにおいで異性を引きつける現象などを、いろいろと検討してみました」

エヌ博士はこう言いながら、部屋のすみを指さした。毒々しい花の食虫植物が、においで虫をおびき寄せ、ちょうど捕えたところだった。来客は大きくうなずいた。

「なるほど」

「人間だって、いくらいばっても、結局は感情の動物ですからね。においの刺激には、理屈で対抗できません。しかし、売上げ増加のためににおいを利用することは、なにもわたしがはじめてではない。消毒薬やトイレの臭気がしては、買物をする気になれないのは常識です。また、カメラや皮製品は特有のにおいを強調してありますし、新しい畳のにおいも合成されています。さらに、国々にはそれぞれのにおいがありますから、それらしきにおいをつけ、輸入品をよそおう行為も一部では行われていたようです。いままでの方法はこの程度にとどまっていましたが、わたしはそれを一段と飛躍させたわけです。なにしろ、理性を一時的に停止させ、そのにおいの品を思わず手に入れたくさせる成分の発見なのですから」

「それにしても、発見までには、ずいぶん苦労をなさったことでしょう」

「もちろんです。ありとあらゆるにおいを調べました。イモリの黒焼きが、においの点で、ほれ薬としてのなんらかの作用を、はたして持っているかどうかまでね……」

来客は少し笑った。

「ばかばかしいとは、お思いになりませんでしたか」

「いや。ばかにはできませんよ。たとえば、こんなことがありました。未開の奥地で住民が使っていた、食欲増進のための秘密の薬草を研究していた時のことです。あのにおいには驚きました。本当に効いたのですから」

「そうでしたか。では、レストランなどで利用するといいでしょうね。売上げが高まるのですから」

と、来客は平凡な意見を述べたが、博士は手を振った。

「わたしもそう期待して実験したのですが、うまくいかない。そのにおいをかいだ女性が、そばの人の腕に、突然かみついたのです」

「それはまた、なぜです」

「風習の調査が不充分だったのですよ。人間に食欲をおこさせるのではなく、人間に対する食欲をおこさせる作用でした。あまりに危険なので、これに関する研究の結果は、すべて破棄してしまいました」

「それは仕方のないことでしょうね」

「しかし、わたしもひとりになって反省してみると、時どき、こんな疑念をいだくことがありますよ。このあいだお渡しした、売上げ増進用の例の香料も、危険性の点では、それと大差ないのではないかと。あらわれかたが原始的なのと、文明的なのとのちがいだけではないのかと……」

と、エヌ博士は大きな鼻に指を当て、いちおう深刻そうな様子をみせた。すると、出資者連合の代表は、あわてて身を乗り出した。

「そんなことをおっしゃっては困ります。責任は、弱肉強食という現代の社会体制のほうですよ。また、先生に対して、わたしたちが多額の報酬をお約束してあることをお忘れなく」

博士はふたたび笑顔に戻り、さいそくするような声を出した。

「で、きょうおいでになった用件はなんでしょう。契約による、その報酬をお持ちになっていらっしゃったのですか」

そして、鼻をひくひくさせた。だが、来客は首を振った。

「いいえ」

「では、なんでしょう。効果はあがっているはずです。人びとは、あの香料でにおいをつけた品を、争って手に入れようとしたでしょう」

「はい。その通りでした」

「それなら、文句はないでしょう。問題点はどこです」

「そこまではよかったのですが、あとがいけません。しばらくすると、だれもかれもその製品を捨てたり古道具屋にたたき売ってしまい、なぜか二度と買おうとしなくなりました」

「そうとは知りませんでした。さては、なにかの原因でにおいに変化がおこったのかな。いやいや、そんなはずはないが……」

あまりに意外な報告で、博士は首をかしげ、ぶつぶつひとりごとを口にした。来客のほう

は心配そうな、あせった口調で言った。

「なんとかして下さい。調子に乗り、いい気になって生産をあげたため、大量のストックです。このままでは、前よりひどいことになってしまいます。先生に報酬をお払いできなくなるばかりか、この研究所も手放さなければならなくなります」

しかし、博士は落ち着きを取りもどし、相手をなだめた。

「まあ、そうあわてることはありません。ご安心ください」

「ええ。安心できるものなら、一刻も早く安心したいものですよ」

「わたしも万一の事故を考え、その対策を用意してあります」

「と、おっしゃると」

出資者連合の代表は、いくらか元気を出して質問した。

「そのご、あれよりも、もっと効果の強い香料を発見したのです。いままでよりも少量ですみ、作用は強烈です。ほんの少しでもそのにおいをかげば、必ず欲しくなり、手に入れたからには二度と手放さなくなります。わたしが保証しますよ」

博士の説明で、来客は大きくため息をついた。

「ほっとしました。さすがは先生です。では、早くそれをお渡し下さい。会社では大さわぎです」

「いいですとも、そのために作ったのですから……」

エヌ博士はベルを押し、助手を呼んだ。そして、このあいだ作った薬品の入っている大型のビンは、どこにしまったかと聞いた。だが、助手は申しわけなさそうな声で答えた。

「あ、あれは大切な品だったのですか。不用の廃液とばかり思って、払い下げてしまいました」

その報告から、博士の鼻はなにか不吉なにおいをかぎとり、彼はあわてて命じた。

「なんだと。とんでもないことをしてくれた。あれは重要きわまる薬品なのだ。早くその先へ連絡し、取り戻せ。大至急でやってくれ」

「はい」

助手はあたふたと部屋から出ていった。しかし、しばらくすると、さらに不吉な報告を持ってもどってきた。

「困ったことになりました。払い下げた薬品業者を調べましたら、印刷用のインキのビンにまぎれこんでいたため、知らないで、いっしょに売ってしまったという話でした」

「なんでもいい。それなら、その先へ行って断固、取りかえすのだ」

「そうするつもりでしたが、まにあいませんでした。使ってしまったそうです」

「使ってしまっただと……。しかし、まてよ。それは変だ。あれで印刷された本は、みなが争って手に入れたがり、手に入れたからには二度と手放さないはずだ。しかし、このところ、それらしいベストセラーもないようだが……」

さすがにエヌ博士は、薬品の効果について忘れてはいなかった。だが、助手はすぐにその疑問の説明をした。

「さらに調べましたら、本の印刷に使われたのではないそうです」

「なんに使ったのだ」

「官庁から急ぎの注文があったので、そこに納入してしまったということです」

「ふむ。いったい、どこの官庁だ」

「印刷局だそうです。紙幣印刷用のインキとして……」

ひとつの装置

厚く黒っぽい雲が、空の大部分を占めていた。西のほう、雲のわずかな切れ目からは、夕日の赤い光がもれている。その弱々しい光は、都市の残骸《ざんがい》のはてしないひろがりを照らしていた。物音はなにひとつしない。すべてが死んでいるのだ。空を飛ぶ鳥、地をはう虫さえなかった。

崩れ傾いたビルの群れ。溶けてから固まりなおし、ミイラのようにしわだらけになってしまったガラスの塊。ひっそりとさび、ぼろぼろになりつつある自動車の車体。どれもがそのむかし色どりと美しさにあふれ、活気と輝かしさを示していたものばかりだった。

破壊とともに襲った強い炎が、たんねんになでまわしたのだろうか。燃えることのできるものは、なにもかも灰となってしまっていた。その灰は雨の降りつづく季節になると、あてもなく流れ動き、乾いた季節には、表面に細かいひび割れを作った。そして、風の強い夜には、闇《やみ》のなかをどこへともなく飛び散って行く。

ここは、かつての都会の中央広場。そのころはたえず手入れがなされ、清潔な場所だった。また、みどりの樹木、人びとのざわめきもあった。だが、いまでは見るかげもない。

ところどころに光ったものが散らばっているが、それらはステンレス製品の破片なのだろう。さびないことが唯一の誇りだったステンレスも、この光景のなかでは、ほかのものたちと同様に朽ちることができないのを恥じ、悲しんでいるようだった。

しかし、この荒れはてた広場のまんなかあたりに、たったひとつだけ、さびもせず、これもしなかったものが立っていた。高さ二メートルほどの円筒形のもの。金属製の輝き。それは意味ありげに立ちつづけていた。

もはや、これを設計し、製作した人。また、これに対して関心を寄せ、好奇心を抱き、愛し、あるいはあざわらった多くの人びと。だれもがいなかった。愚かしい戦争が、それらのすべての人びとを、都市とともに消し去ってしまったのだから。

しかし、この金属製の物体だけは、こうして、ひとり残されてあった……。

この物体は、誕生する前から、いろいろな騒ぎをおこしていた。

「困りましたね、先生。ここは国立の権威ある研究所。あなたは、その所長、責任者ではありませんか。そのような立場にあって、わけのわからないことに予算を使ってしまうとは」

会計の監査をするためにやってきた監督官庁の係官は、帳簿を指さきでたたきながら、顔をしかめた。信じられない、といった表情でもあった。

「いや、決して、わけのわからないことに消費したのでは、ありません」

所長は手を振って答えた。彼はやせた長身の男で、白髪が乱れもなく頭をおおっている。いいかげんな印象は、少しもなかった。だが、その係官は追及をゆるめない。それが職務なのだから。

「どうしたことなのです。学者としての先生の業績は、輝かしいものです。また、人格的にも信頼しておりました。それなのに、予算をごまかすとは。なにに乱用なさったのです。おそらく、女道楽でしょう。いいとしをして、なんということです」

係官は想像した。所長に妻子のなかったことと、思いあわせたためだった。だが、所長はそれも否定した。

「道楽と呼ぶことは、できましょう。しかし、女道楽ではありません」

「それでは賭博《とばく》でしょう。道楽とおっしゃるからには、いずれにせよ、ろくなことではないはずです」

「まあ、わたしにも弁明させて下さい。予算を無断で流用するのが悪いぐらいのことは、よく知っています。しかし、わたしは科学者として、いや、人類の一員として、いまの世の中に絶対に必要と思われる装置の設計を完成しました。その製作のための、費用に使ったのです」

所長の意外な説明に、係官はふしぎそうに聞きかえした。当然うかんでくる疑問といえた。

「そうだったのですか。それなら、予算を申請なさればいいでしょう。先生の主張なら、おそらく認められるでしょう。それから、おはじめになれば……」

「いや、その製作は、緊急を要するのです。ゆっくりしては、いられません。そこでわたしは、強硬手段をとってしまったのです」

「どうも、よくわかりません。いったい、どんな装置なのですか」

「まあ、ごらんになって下さい。あなたには、かくしておけないでしょう」

所長は係官を、研究所の地下室に案内した。

厳重な鍵《かぎ》をあけると、灰色のコンクリートの壁にかこまれた、広い室内が見渡せた。床や棚の上には、各種の部品がおかれている。電線、電子部品、合金の板の破片、原子力電池らしきもの、歯車、その他、見ただけではわからない装置が……。

「ここでお作りなのですね」

「そうです。だれも入れず、わたしがひまを見つけて、ここに閉じこもり、少しずつ作っているのです」

係官はあたりを見まわしていたが、やがて、首をかしげてつぶやいた。

「ふしぎなことですね」

「ええ、そうお思いになるでしょう。しかし、機械の知識の少ないかたに、構造を説明するのは容易ではありません」

「いや、ふしぎという言葉を口にしたのは、構造のことではありません。機械的なことは、まったく苦手です。わたしにわかることといえば、予算や決算の調査に関してです」

「その点でなにか……」

「ええ。正確な判断はつけられませんが、この部品の山を見わたしたところ、どうやら、予算にあけられた穴以上の金額になっているようです。ふつう予算をごまかす場合、わたしの経験では、使い込みの金額に対応させるため、形ばかりの品物をそろえておく例が多いものです。しかし、その逆の現象とは、ふしぎと言わずにはいられません。聞いたこともない例です」

係官は、解きようのないなぞに、とまどうばかりだった。だが所長は、穏和な顔に微笑を浮かべながら、それに答えた。

「そのことでしたら、べつにふしぎではありません。なぜなら、わたしが私財の全部をつぎ込んだのですから」

係官の表情には、驚きが加わった。

「そうでしたか。それほど熱中なさっておいでとは、少しも気がつきませんでした。しかし、なんのための装置なのですか」

「それに関しては、いまのところお話しできません。途中で発表してしまうと、人びとがさわぐばかりです。しかし、これだけは責任を持って断言できます。最も人間的な装置、世界がいまのままなら、絶対に必要な装置なのです。だからこそ、わたしが学者としての最後の研究として、心血をそそいでいるわけです」

年配の所長の口調に、うそをついている響きはなかった。係官もそれを感じ、うなずいて言った。

「わかりました。学者として信用ある、先生の言葉です。予算の流用については、わたしが適当に報告しておきましょう。おそらく、有益な研究なのでしょう。それに、私財をつぎ込むほどの熱心さです。いかがでしょう。それほど重要なのでしたら、予算をふやすことを運動いたしましょうか」

「そう願えれば、どんなに助かることか。じつは、外側に使う丈夫な合金の研究に、手間どっているのです。資金も、まだまだかかりそうです。私財をつぎ込んだことは、わたしには遺産をのこすべき妻子がないので、なんとも思いませんが……」

「しかし、ひとつだけ問題があります。予算をとるからには、いつまでも秘密のままにしておくことは許されません。完成した時には発表すると、約束していただけますか」

「もちろんです。できあがったら、にぎやかな町のなかにおきます。そして、だれにも眺めることができ、また、さわれるようにするつもりですから」

係官は、すべてなっとくした。それればかりか、予算による資金面の増額もなされることになった。かくして、所長のひそかな研究はつづけられ、装置とやらも、少しずつ完成に近づいていった。

しかし、予算にあらわれたからには、完全な秘密と呼べなくなる。たまたま、国際関係が極度に緊迫している時代だった。各国の情報関係が、それをかぎつけずにはいなかった。かぎつけたからには、放任しておくわけにもいかない。

「なにか正体不明の研究が、予算によって進行中らしい。おそらく、新種の兵器にちがいない。しかも、極秘に扱われているから、強力きわまるものと思われる。関係の資料を、一刻も早く入手せよ」

このような指令が流れ、すぐれた情報部員の派遣も行われた。だが、そのことごとくが失敗におわった。地下の研究室には複雑な鍵がかけられてあって、侵入は不可能。また、よく使われる非人道的な手段、家族を誘拐《ゆうかい》して代償に図面を要求する方法も、妻子のない所長に対しては、効力を発揮できない。直接に所長を脅迫しようにも、ほとんど地下室にとまりこみの状態では、それもむずかしかった。

さぐり出せない秘密は、当人をしゃべらなくてはならない立場に追いこむにかぎる。各国の情報関係者は、その作戦を採用した。うわさをひろめ、人びとの好奇心がそれを放置しておかないような状態にかきたてた。

作戦は、あるていど成功した。だれもがつぎのように話しあい、また、役所に迫ったのだ。

「わけのわからない研究が、ひそかに行われているらしい。なんなのだろう。このままでは不安でならない」

「不安の点も問題だが、われわれの税金の使途不明というのが許せない」

「知る権利があるはずだ」

こうさわぎが大きくなると、役所としては、沈黙をまもっているわけにもいかない。

「秘密というのではありません。いずれ完成した時には、所長に発表させます。その確約のもとに、予算を支出したのです。しばらく待って下さい」

この言葉が何度かくりかえされた。そして、この言葉で待たせきれなくなりかけた時、その装置はやっと完成した。

約束は、まもられた。所長はその装置をそばに、報道関係者を迎えた。テレビ、カメラ、照明、あらゆる人の好奇心がそれに集中した。外見は、金属製のポストといえた。円筒形であり、胴の中央あたりに押しボタンがついている。外側には一本の腕がついている。まさしく、人間の腕といった感じだった。

老いた所長の満足そうな、まじめな、いくらか憂いを含んだ表情に対しては、いままでの不満をぶつけにくかった。しかし、だからといって、装置への興味を押えていることもできない。だれかが質問した。

「先生。やっと完成なさったそうで、おめでとうございます。だれもが、待ちに待っていました」

所長は答えて、

「これというのも、みなさんのおかげです」

「ところで、多額の費用を使ったその装置は、どのようなものなのです。いままで秘密になさっていたことを、とやかくは申しあげません。どんなにすばらしい装置なのかを知って、早く喜びたい心境です」

「現代は機械の洪水、氾濫《はんらん》の時代といえましょう。あらゆる用途の機械が存在しています。しかし、ただひとつ盲点がありました。それがこれなのです。これこそもっとも必要であり、人間的な装置といえるでしょう」

「そうでしたか。ぜひ、早く説明と用途をお話し願います」

質問者たちは目を輝かせ、所長は落ち着いた声でそれに答えた。

「これは、なにもしない装置です」

それまでのさわがしさが、しばらくのあいだ静まった。だが、やがて笑い声となり、つぎの質問となった。

「先生がユーモリストとは、知りませんでした。ふざけたことを、大まじめでおっしゃる。たしかに、なにもしない機械というのは、だれも考えない盲点でした。一本やられました。しかし、冗談はそれぐらいで、早く本当のことをお話しして下さい」

「本当に、なにもしない装置です。なにもしないほうが、いいのですよ」

所長は依然として、まじめな口調でくりかえした。笑い声は、半信半疑の怒りの声に変った。

「しかし、急いでおられたようですが」

「装置の完成は、一刻も早いことを必要としていたのです」

「不要不急の装置を作るのに、緊急を要するとは。そんなばかげたことが、ありますか。論理もなにもない。失礼ですが、頭がどうかなさったのでは」

「頭はたしかです。たしかだからこそ、この装置を考えつき、そして製作したのです」

「信じられないことだ。なにか、かくしているのでしょう。よく見せて下さい」

「もちろん、そういたします。これから街のなかの広場にすえつけ、みなさんに眺めたり、さわったりしていただくつもりでした」

わけのわからないままに、発表会は終了した。

所長の言葉どおり、問題の装置は広場の中央にすえつけられた。予算の残りを全部ついやして、大きな地震でもびくともしないような、強固なすえつけかただった。丈夫そうな、つめたい金属製ではあったが、どことなくユーモラスな感じが、その形にないでもなかった。

それを取り巻いた人びとは、遠慮のない意見を口々にのべあった。

「眺めていると、なんとなく人間に似ているような気がします。人間的な装置だと、所長の発表で聞かされていたせいかな」

「ええ、片側についているのは、腕のように思えます。いまにも、なにかをしそうな感じです。それに、胴のまんなかをごらんなさい。見たところ、出べそそのものです」

「いや、あれは出べそではありません。あきらかに押しボタンです」

出べそのように飛び出している押しボタン。みなの関心は、それに集中した。なぞの誘惑、好奇心を満たしたい衝動。眺めているうちに、手を伸ばして押してみたくてならなくなる。出っぱった物を見ると、押したくなるのは、人間の心にひそむ本能なのかもしれない。しかも、装置のほうも、それを期待してでもいるかのようだった。

そして、がまんができなくなったのか、ついに、それを実行した者があらわれた。好奇と不安の視線のなかで、ボタンは押された。あまり力を要することなく、それは半分ほどめりこんだ。

同時に、装置のなかから、機械の動く音がした。あたりの人びとは、警戒的な動きで、うしろにさがった。だが、つぎに起ることから目をそらす気にもなれない。

音とともに、胴についている腕のような部分が動きはじめた。なにをはじめるのだろうか。だが、それはいま押されたボタンに伸び、ボタンをもとのように引っぱり出した。よけいなことをするな、とでもいうような感じだった。

それから、機械の腕は、ゆっくりともとの形に戻った。機械的な内部の音も小さくなり、やがて動きとともに消えた。もはや、いくら待っても、つぎの動作には移らなかった。

われにかえった人びとは、いま観察したことへの感想を話した。

「なんだ。これで終りらしい。これだけのことなのだろうか」

「とすると、たしかに、なにもしない装置だ。だが、念のために、もう一度やってみましょう」

一回のみならず、何回か試みられた。だが、その結果はいつも同じことだった。ボタンを押しこむと、腕の部分が動き、それをもとに戻して終る……。

作用が確認されると、質問はふたたび所長にむけられた。それには、批難の響きがこもっていた。

「先生。これはひどい。役に立つことを、なにもしないではありませんか。ひとをばかにしている」

だが、所長は謝罪するようすを示さなかった。

「さきほど申しあげた通り、本当になにもしないでしょう。これを作りあげるには、じつに苦労しました」

「そう得意になられては、困ります。個人の趣味で作るのならかまいませんが、巨額な税金をつぎこんで、こんな物を作ってしまうとは」

「いけませんでしたか。核ミサイルにつける撃墜不能の装置、人体を硬直させる毒ガス、殺人光線、防ぎようのない細菌爆弾といったような物を作ったほうが、みなさんのお気に召しましたか」

「そんな無茶な逃げ口上は、通用しません。予算を軍備に使うのに反対の意見でしたら、それを堂々と主張なさればいいのです。大差ないではありませんか。こんな愚にもつかないオモチャを道楽で作られては、みなの迷惑です」

「しかし、できてしまったものは、しょうがないでしょう。世の中に存在しはじめた物には、それぞれ、なにかしら意味があるものです。この装置もまた、立派に意味を持っています」

「支離滅裂だ。もう、そんなわけのわからない説を主張なさっても、信用するわけにはいきませんよ。あの装置に意味があるなどとは。どうせ、無意味という意味があるとか、言いたいのでしょう」

だれも、これ以上は所長に聞かなかった。また、質問のしようもない。所長のほうも、これ以上の説明はしなかった。

残された点は責任問題であり、ひとしきり、それが話題となった。だが、やがて打ち切りになった。どうしようもないからだ。

損害を弁償させようにも、所長は私財のすべてを、この装置につぎこんでしまっている。調査してみると、事実その通りだった。背任を指摘して刑を科すことも、いままで学界に業績を残してきた、まじめな老学者を刑務所に送るには忍びないといえた。また、犯罪が成立するとすれば、予算の通過に関係した人びとは、看過、共犯の罪を分担しなければならなくなる。

頭の痛くなるような事件だった。まず、所長の免職、監督官庁の小さな人事異動が行われた。この程度ではなっとくしない議論も、もちろんあった。

窮したあげくの収拾策として、所長は精神病院に送られることになり、それですべてが終った。こうなっては、だれしもあきらめざるをえない。

所長は弁解も抗議もせず、病院に入ることを承知した。そして、数年たち、彼は思い残すことはないといった生活を送り、静かに世を去った。遺品のなかに装置の設計図があるのではないかと、さがし出す試みもなされたが、むだな結果だった。装置の完成と同時に、焼き捨てられでもしたのだろう。

製作者は世を去ったが、装置のほうは広場に残され、なにもしないという活動をつづけさせられた。撤去すべきだ、との意見もあった。だが、これ以上の費用をかけてまで行うのは、笑いものになるばかり。強固にすえつけられてあり、また、置いておいたところで、害のあるものでもない。

そばを通りがかると、だれしも、ばかばかしいとは思いながらも、見つめているうちに、ついボタンを押してみたくなる。金がかかっているのだから、使わねば損だという気持ちも、いくらかは手伝っているのだろう。そして、ひとりでつぶやくのだ。

「いったい、これには、なんの価値があるのだろう。何度やってみても、だれがやってみても、機械の腕が動き、ボタンをもとに戻すばかりだ」

それを耳にした者があると、会話がはじまり、議論はとめどなく展開するのだった。

「わたしも気になって、しようがありません。考えてみれば、なにもしない存在が、こんなに気になるとは。このあいだから、頭を悩ませつづけです」

「それで、なにか思いつきましたか」

「そのあげく、こう判断してみたのです。たぶん、これは人間を象徴した、新形式の銅像ではないかとね。これをあざ笑うたびに、それなら人間のやっていることにどんな価値があると、反対に笑いかえされているような気分になってきます。あの死んだ所長も、それを訴え、みなに反省させようとしたかったのでは……」

「さあ、そんな深い意味があるんでしょうか。これは、単なる冗談ですよ。なんの意味もありはしません。味のなくなったチューインガムをかみつづけ、つまらないテレビ番組を眺め、すぐに忘れてしまうくせに電車のなかで週刊誌を読む。これと同じで、現代人のはけ口のひとつですよ。現代にとっては、無意味なものこそ必要なのでしょう。あの所長は、これをきっかけに、無意味な存在についての価値を、再認識させようとしたのでしょう」

「あなたは無意味とおっしゃりながら、しきりに意味をつけようとなさっている」

と、笑いのうちに終ったりするのだ。しばらくのあいだ、人びとの話題をにぎわした。

なかには、装置の腕を押えつけたままで、ボタンを押したらどうなるだろう、との疑問を抱いた者もあった。だが、それはできなかった。想像以上の力で、腕はなにもかも振りきり、ボタンをもとに戻してしまうのだった。

「なんということだ。すごい力だ。とても止められるものではない」

それを笑いで受け、議論がまたも開始される。

「憤慨することもないでしょう。われわれだって、無意味なこととなると、とてつもなく熱を入れる場合があります。数えあげたら、きりがない……」

と、日常生活での例を数えはじめ、限りなく話題が発展する。趣味はどうだろう。恋愛は。勝負事。虚栄。プロ野球など。それは意味がある。いや、意味がない。材料はいくらでもわいてきた。

また、研究心が強く、分析して内部をのぞいてみたい衝動にかられる者もあった。だが、この試みもはたせなかった。所長が心血をそそいで完成したという合金は、どんな力も薬品も受けつけなかったのだ。

「どうしても、こわれない。やっていることが無意味なくせに、秘密だけはいやにまもりたがる」

「その点だったら、われわれも同じようなものかもしれない」

装置についての極端なさわぎは一段落したが、人びとは相変らず、ボタンからの誘惑を振りきれなかった。本能に根ざす感情なのだろう。だれでも一度は、自分の手でやってみたくなる。

その証拠に、だれに教えられたわけでもない幼い子供も、その装置を見ると、手を伸ばしてボタンを押したがった。

人まえでは無関心をよそおっている者も、夜などにひとりで通りかかると、そっとボタンを押してみた。

スロットマシンかもしれない、と想像した者もあった。うまく自分がその番に当ると、ひととはべつな結果を得られる。たとえば、ふいに装置が割れて、なかからすばらしい品が出てくるといった……。

だが、だれがどう考えながら押しても、通りがかりに、つい習慣となって押しても、いつも動きは同じだった。一種の観光物、名所といった状態になり、そして、それに落ち着いていった。

こうして、なにもしない装置は動きつづけた。ボタンが押される。腕が動いて、それをもとに戻して静止する……。

しばらく平和の年月がつづいたが、装置の動きは変ることがなかった。

また、戦争の危機が高まっていったが、装置の動きは変ることがなかった。

しかし、装置の動きも、ついに止まる日が訪れた。といっても、この装置が故障を起したためではなかった。だれも、ボタンを押す人が、なくなってしまったのだ。

高まった危機が、越えるべからざる線を越えてしまったのだ。よその国の、恐るべき装置。その押すべからざるボタンのほうが、押されてしまった。ミサイルが飛び交《か》い、たちまちのうちに戦いが世界を支配した。すべての人、いや、すべての生物が消え去った。

爆発と熱気と炎。それらが地上を荒し終ると、そこには、もはや動くものは影さえもなかった。さびしく残ったなにもしない装置も、じっと動かず、時の流れに身を任せた。

だが、強力な合金におおわれていて、内部のしくみは狂ってはいなかった。ある時、強い風に乗って、どこからともなく飛ばされてきた、焼けこげた材木の一片がそのボタンに命中した。

装置はただちに反応を示した。うるさそうにボタンを戻し、また動かなくなった。そして、二度と動かなくなった。材木のたぐいもすべて腐って土となり、ボタンの押されることが起らなくなったのだ。

装置は、じっと待ちつづけた。だれかが歩み寄って、ボタンを押してくれるのではないかと。しかし、それをしてくれる相手は出現しなかった。

装置の内部の時計は、ボタンが押されなくなってから、千年の年月の過ぎ去ったことをはかり、それを告げた。それは、もはや人類の全部が滅びたことへの判断でもあった。装置ははじめて、本来の機能を発揮した。それは最初でもあり、また最後でもあった。この一回の動きのために、製作されたのだったから。

装置の内部にしかけられてあった録音装置が動きはじめ、言葉を発した。もちろん、だれひとり聞く者はいない。しかし、それでいいのだった。

人類とその文明に対する弔いの言葉。また、悲しみと別れの声でもあった。それを語り終ると、葬送の曲となった。音楽は重々しく、また虚《むな》しく、廃虚となった都市をはい、遠い地平線の彼方へと遠ざかっていった。やがて、録音装置も動きをとめた。静かな空間がふたたび戻ってきた……。

厚く黒っぽい雲が空いちめんにひろがってしまい、夕日も光を失い、いまにも雨が降りそうな時刻の出来事だった。

宝 船

高層マンションの十二階にある一室。そこが、エヌ氏の住居だった。しかし、彼は近日中に、ここを出るつもりでいた。といって、住み心地が悪いからではない。ひそかに夜逃げでも、しなければならない状態だったのだ。

この部屋代がたまっているばかりでなく、ほうぼうに借金をしつくしていた。彼はぼんやりと寝そべって、つぶやきをもらした。

「もう借金をするあてがなく、いい金もうけの案もない。ああ、宝船でも来てくれないかなあ……」

エヌ氏は心から、そう念じた。

その時。窓にノックの音を聞き、彼は飛びあがった。いまは真夜中。それに、ここは十二階だ。そとからノックをする者の、あるはずがない。

気のせいだろう。あるいは、風に吹きあげられた枯葉かなにかが、ガラスに当ったのだろう。こう自分に言いきかせた時、その音は、またも起った。どうやら、ノックにまちがいない。

エヌ氏はこわごわ立ちあがり、そっとのぞいてみた。それから、きもをつぶした。窓のそとに、船が横づけになっている。一瞬のうちに、大洪水が襲ってきたのだろうか。目をこすって見なおすと、さらに驚くべきことには、それは空中に浮いていた。しかし、最新科学技術の産物でないことも、すぐにわかった。あまり近代的な形ではなかったのだ。エヌ氏は船の上に人影をみとめ、窓をあけて声をかけた。

「なにごとです、これは」

するとその見なれぬ服装の人物は答えた。

「ごらんになれば、おわかりでしょう」

あらためて船を見ると、帆かけ船で、帆には宝と書かれている。

「さては、宝船か」

「ええ、その通りです。そして、われわれは福の神です」

「で、なにをしているのです」

「お呼びになったからですよ。さっき、心からそう祈ったでしょう」

「ああ、そういえばそうだった」

「われわれは、そのような人物を訪れるのです。もっとも、だれでもというわけではありません。あなたは仕事に失敗なさいましたが、いままでに悪いことをなさっていません。そのような、同情すべき立場の人に限ります。そして、福をおわけしているのです」

夢のような話に、エヌ氏は大喜びだった。

「それはありがたい。で、どんな福をいただけるのです」

「望みのままです。どうぞ、おっしゃって下さい。ただし、ひとつにかぎりますが……」

「それでは……」

エヌ氏は借金の総額を口にしかけ、あわてて言葉を飲みこんだ。またとない機会。これを粗末に扱ったら損だ。

彼は考えなおし、それを二倍にした金額を告げようと思った。だが、それも声にしなかった。あとで後悔するぞ。いまは、なんでもかなえられる時なのだ。彼はその数字にゼロを二つくっつけ、首をかしげてから、その上さらに二つつけくわえた。この程度でどうだろう。

「おきめになりましたか」

と、福の神がうながした。

「ま、まって下さい」

エヌ氏は慎重を期した。二度とない願いごとなのだから。金額はまあいいとしても、あ

とで問題にならないだろうか。この部屋に一杯の、気の遠くなるような金を握ったことをだれかが知ったら、怪しむにきまっている。宝船の福の神からもらったと主張しても、信用してくれないだろう。なにしろ、想像力の少ない連中の多い世の中だ。へたをすると、盗みや偽造の罪でつかまり、没収されるおそれがある。そのことは犯行の立証ができないから、なんとかまぬかれることができるかもしれないが、税務署もひかえている。うむを言わさず、大部分を巻きあげられてしまうことは確実だ。それどころか、もっとかくしているだろうと疑われ、それ以上の額を要求されるかもしれない。税務署に対しては、こちらが立証しなくてはならないのだ。だが、もらったのはこれだけだ、と相手を信じさせることは不可能のようだ。

考えてみると、金銭とははかないものだ。たとえ、いくらか残ったとしても、いつ事故で死なないとも限らない時代だからな……。

そのとたん、エヌ氏は決心した。そうだ、不老不死のほうがいい。命あってこその金銭だ。彼はそれを口にした。

「不老不死をたのみたい」

しかし、福の神は顔をしかめた。

「いや、それだけは困ります」

「なぜです」

「人間には、許されないことだからです。金とか出世とか、美人との結婚とかにして下さい」

「だが、望みのままという話だった」

「言い忘れたのは、許して下さい。どうか、べつなことにして下さい」

「いやだ。おれは要求を変えないぞ。ほかのことでは、絶対にだめだ」

エヌ氏は腹をたて、意地になって主張した。ほかの福の神たちも集ってきて、口をそろえてあやまった。だが、エヌ氏は首をふり、

「だめだ。約束は約束だ。さあ、おれを不老不死にしろ。決して年をとらず、決して死なないように……」

強硬に主張したあげく、ついにエヌ氏はそれを手に入れた。そして、ずっとその状態にある。しかし、期待に反して、あまり喜ばしいものではなかった。

彼は窓から引っぱり出され、宝船の船員にされてしまったのだ。掃除、帆のあげおろしなど、単調な作業の連続。給料もなければ、食事もない。娯楽も休日も、上陸さえ許されない。いつまで、つづくのだろうか。もちろん死ぬまでだ。

銀色のボンベ

都市のはずれ、海ぞいにある白い建物。夕ぐれの日ざしは、清潔にみがかれた、たくさんの窓にたわむれていた。ひきしおの海岸は、砂浜を広くあらわし、銀色の波がしらのささやきは、いくらか遠くなっていた。

この総合病院は、近代的な設備と最新の技術を誇り、多くの患者たちを集めていた。しかし、いかに完備した手段をもってしても、運命でさだめられた死まで、せきとめることはできない。

いましも、ある病室で、ひとりの老人がその時を迎えていた。知らせによってかけつけてきた家族たちにみまもられ、ベッドに横たわっている老人のからだ。かすかに残る生命の証拠といえば、口のまわりぐらいであろうか。

つやを失い、しわのよった皮膚。まばらに伸びた、白っぽいひげ。そのくちびるのまわりだけが、時どき、思い出したようにゆっくりと動く。金属製の装置、酸素吸入器から流れ出る気体を吸うのだった。その呼吸は、生命の根づよさというより、生物の負っている義務を果しているように見えた。

「おじいちゃん、死んじゃうの」

花びんの花をいじるのにあきた、幼い孫の声が無邪気にひびいた。だが、それはすぐに、母親に制せられた。静かさのなかで、大人たちはみな、老人の顔をみつめていた。老人はいま、なにを考えているのだろう……。

一生を教育事業にささげ、社会のためにも、多くの貢献をしてきた老人。長かった一生を、回想しているのであろう。だが同時に、まだやりかけの仕事への、心残りも占めているのにちがいない。

これ以上を生きるのは無理としても、自分の理想をうけつぎ、自分にかわって、それをおこなってくれる者の出現。それが、いまの彼の最大の願いではないだろうか。

「カンフルの注射をいたしましょうか」

と、老人の手くびを握り、脈をみつづけている医者が言った。だが、家族のひとりは断わった。

「いや、なおるみこみがあるのなら、べつですが、そうでなければ、さらに長びかせては、本人にとっても気の毒です」

注射はうたれず、吸入器の単調な音だけがつづいた。呼吸のあいだは、しだいに延び、深い最後の息が吐き出された。

医者はスイッチをまわし、そして、告げた。

「ご臨終です」

せきが切られたように、緊張が悲しみに変った。とまどっていた幼い子供も、つられて高い泣声をあげた。窓の外の遠くでは、夕日が海に落ちようとしている。

看護婦に吸入器を運ばせてきた医者は、自分の部屋でひとりになると、その装置から銀色の小さなボンベをはずした。彼はレッテルをはり、番号を書きこむ。部屋のすみにある戸棚《とだな》をあけて、それをしまうのだった。酸素をつめたボンベではない。

薄暗い戸棚のなかには、同じようなのが、いくつも並べられてある。死者のこの世にむかっての最後の息。それが吸入器に付属している、彼の考案による装置のすばやい操作によって集められ、このそれぞれのボンベにおさめられているのだ。

実業家のもあったし、作家や彫刻家のもあった。彼らはみな、この世での経験、この世への心残りや期待などのすべてを、このボンベのなかにとどめて、平和な死の国へと旅立っていったのだ。ボンベたちは、しだいに暗くなってゆく窓からの光を受けて、かすかに輝き、おたがいに競いあって、医者に話しかけようとしているかのようだった。

しかし彼は、そんなことに慣れているのか、あまり表情も変えなかった。事務的な動作でドアをしめ、つぶやきを口にした。

「ああ、少し疲れたな。しばらく休もう」

そして、部屋の電気をつけようともせず、すみの長椅子《ながいす》に歩みより、そのうえに身を横たえる。夜はいつのまにか病院を包み、ひきしおの時刻をおえた波は、星々のきらめきを浮かべながら、ふたたび忍び寄ってくる。

電話が鳴り、医者はおきあがった。看護婦の声が、受話器を通して流れてきた。

「そろそろ、お願いします」

「よし、すぐ行く」

彼は白衣をつけ、蛍光灯が白い壁を照らす廊下に靴音《くつおと》をひびかせながら、いま連絡のあった部屋にむかった。その途中、落ち着かない動作でたたずむ若い男をみかけ、声をかけた。

「あなたが、まもなく、お父さんになられるかたですね」

「はい。でも、大丈夫でしょうか」

男は心配そうに聞きかえした。妻のはじめての出産をひかえて、むりもなかった。

「お気持ちはわかりますが、ご心配はありません」

「男の子だそうですね」

「ええ。医学の進歩により、性別は前もってわかるようになりました。ところで、お子さんには将来、どんな人になってもらいたいというご希望ですか」

「そうですね。妻とも、いつも話しあってきたことですが、できたら科学者に育てたいと思います。そううまくいってくれればいいのですが」

「ご安心ください。あなたは、きっと、未来のすばらしい科学者の父親になれるのですから」

医者は、まだ気づかわしげな表情でいる男の肩をたたき、はげましの声をかけた。そして、部屋に入るなり、看護婦に命じた。

「上から二つ目の棚、七番と記してあるボンベを取ってきてくれ」

夜ふけの廊下を行きつ戻りつしていた男は、不意に足をとめた。伝わってくる、うぶ声を耳にしたのだ。この世に生れた新しい命の、はじめての動き。からだのすみずみまで行きわたらせようとして、空気を力一杯に吸う音……。

遠大な計画

ダイレクトメールをなにげなく開封したエフ夫妻は、美しいカタログを眺めて、目を丸くした。見なれない形をした装置のカラー写真がのっていて、万能育児器と書いてある。だいぶ複雑な機械らしい。

説明文を読むと、これ一台あれば育児からしつけまで、なにひとつ気をわずらわす必要がありません、となっている。使用法は、いたって簡単らしかった。

どこで調べて送ってきたのかはわからないが、このエフ夫妻には、生れてまもない赤ちゃんがあったのだ。エフ夫人は、ため息とともにつぶやく。

「とても便利そうね。これがあったら、どんなに助かるかしら。でも、きっと高いんでしょうね」

エフ氏はカタログを読みなおしたが、その値段はのっていなかった。そこで彼は提案した。

「まあ、いちおう聞いてみよう。問いあわせるだけなら、金を取られることもあるまい。あるいは、長期の分割払いがあるかもしれない」

「そうね」

エフ夫妻は、詳細を知りたいという意味の手紙を出した。すると、すぐさま返事が来た。

文書による返事ではなく、現物が送られてきたのだ。しかも、値段は無料。

エフ夫人は喜びはしたものの、首をかしげざるをえなかった。

「こんな精巧なものが、ただとは信じられないわ。名の通った大きな会社だから、粗悪品でもなさそうだし……。どういうわけかしら」

「あるいは、政府の補助金が出ているのかもしれないな。ためしに使ってみよう。もし、なにか怪しげな点をみつけたら、かえすなり、こわすなりすればいい」

夫妻は、注意しながら使ってみることにした。しかし、べつに問題になるような点も発見できない。それどころか、申しぶんなかった。赤ちゃんのそばに装置をおいておくと、適温にしたミルクを自動的に飲ませてくれる。もちろん、おしめをかえる作業もやってくれる。泣けばあやしてくれるし、眠るまえには、やさしい声で子守唄を歌ってくれるのだ。

赤ちゃんの成長につれ、装置は言葉を教え、おとぎ話を物語りもした。ウサギとカメや、白雪姫。ぶっそうな思想を、ふきこむこともなかった。エフ夫妻はすっかり安心し、すべてを育児器にまかせることにした。どこの家庭でもそうしていることがわかったし、そのほうが、すべての点でいいように思えたのだ。

万能育児器は、しつけまでしてくれる。

「これこれをしなさい。これこれをしては、いけませんよ」

と、特徴のあるやさしい声でお行儀を教え、それに従わないときには、自動的に機械の手が伸び、ほどよい痛さでおしりをひっぱたく。たしかに、理想的な教育だった。もっとも、人間を規格化する、という批難がないでもなかった。だが、個性ある悪人より、型にはまっていても、善良な人物のほうがいいにきまっている。だから、だれも反対はしなかった。かくて、エフ夫妻の子は順調に成長していった。また、ほかの家庭の子供たちも……。

二十数年がたち、その子供たちは立派に成人した。聞きわけのいい彼らが、あらゆる分野の職場で歓迎されたのは当然だった。

そのころ、テレビやラジオのコマーシャルに、いっせいにあらわれはじめた文句があった。

「この品を、お買いなさい。ほかのマークの品を買っては、いけませんよ」

その文句は特にどうということもなかったが、問題は声にあった。育児器の声と同じだったのだ。両親よりも説得力のある、心の奥底に焼きついている、なつかしい声。

だれもが無条件で、その指示に従ったことはいうまでもなかった。

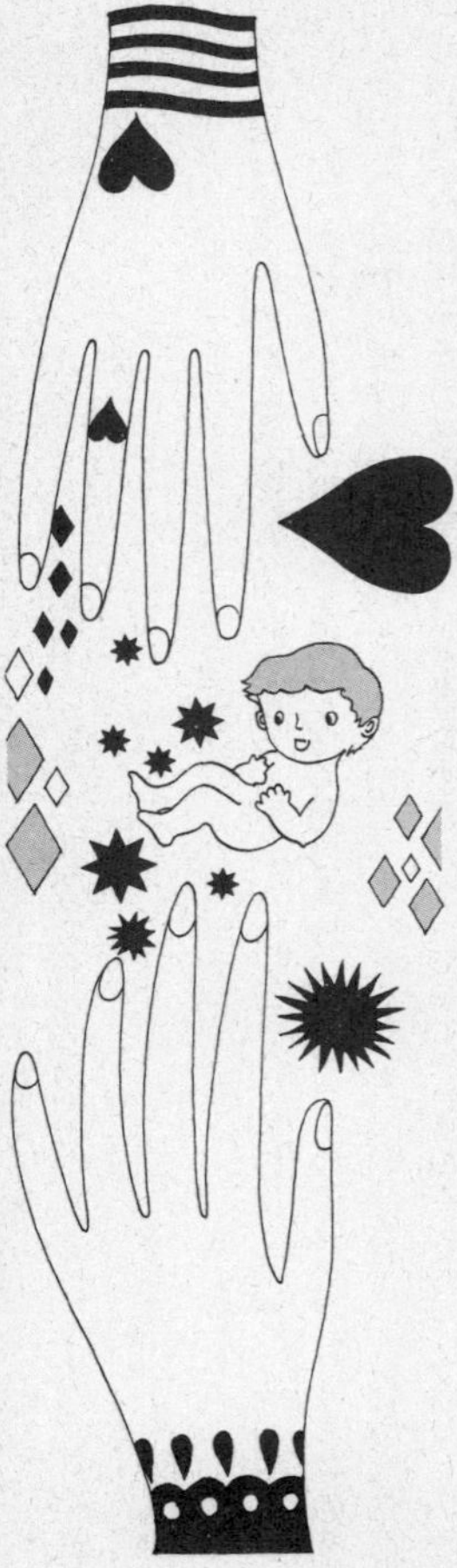

逃走

夜の雨は暗黒のなかから限りなくわき出し、フロントガラスに勢いよく飛びかかってくる。そして一瞬、街灯の光を乱反射して黄色く輝く。しかし、ワイパーによって、たちまちのうちに消し去られてしまう。

水滴のぶつかりかたの強いのは、自動車の速力のせいだ。くさりを断ち切った獣のように、全速力を出していた。運転しているのは若い男で、ほかにはだれも乗っていなかった。

青年は前方を見つめ、車の速力をあげることだけに専念していた。といって、スピードを楽しんでいるのでも、目的地へ急いでいるのでもなかった。

「なんでもいいから、遠ざかればいい。逃げるのだ」

と、彼はつぶやいた。すると、心の奥の声がささやきかえした。

「逃げきれるかな。おまえは、ひき逃げをしたのだぞ」

「うるさい」

首を振って、青年はわめいた。しかし、酔っているわけではなかった。いまは……。

少し前には酔っていた。青年は友人の家でおそくまで酒を飲み、うきうきして帰途についたのだった。

その時、ライトのなかに、とつぜん人影があらわれ、避けるひまもなく、重い衝撃が伝わってきた。頭のなかでフラッシュがたかれ、神経に霜がおり、酔いは凍って小さな結晶となって散った。すべての思考は停止した。その静寂のなかで、心の奥が叫び声をひびかせた。

「ひいたぞ」

青年はブレーキをかけたものの、うしろを振りむくことができず、彼の手はふるえてドアをあけることをこばんだ。道ばたに倒れているにちがいない人物、自分の責任にかかわる相手。それにつづく救護の義務、謝罪、詰問、交渉、取り調べ、新聞記事、賠償、刑罰……。なにもかもが、先を争って襲いかかってきた。

青年は耳をすませたが、足音も車の音もなく、かすかな雨の音ばかり。うめき声は……。それを考えかけ、彼は反射的に車をスタートさせた。そんなものは聞きたくない。

「おい。ひき逃げになるぞ。ひき逃げに」

心の奥が、強烈な言葉を告げた。彼はそれを打ち消すために、自分自身への言いわけをつぶやいた。

「ちがう。人なんかひいていない。そんな気がしただけだ。一種の錯覚だ」

「それなら、衝撃はなんだ。あれも錯覚か」

声がいじわるく聞き、彼は答につまったが、

「道路のせいだ。そうだ。道にくぼみがあったためだ」

「ないとはいえないが、そううまく一致する偶然は考えられない。やはり事実だ」

「うそだ。錯覚と道のくぼみだ」

「それなら、車をとめて調べてみろ。血がついているかどうかを」

「ついているものか」

青年は逆に速力をあげた。雨のなかにつっこみ、血を洗い流してしまいたかったのだ。また、水たまりを選んで走らせた。すべての証拠と良心を泥まみれに混乱させ、こなごなにして埋めこんでしまいたかった。さらに、はじめての道に車を進めた。

「へんな道だな。だが、あまり急ぐと、かえって怪しまれるぞ」

心の声が言った。青年は少し速力を落し、

「それもそうだな」

「いまから戻って助ければ、あるいは助けられるかもしれないぞ」

「だめだ。道や方角がわからない」

「わかるさ。ごまかすな。まず、友人の家へ戻れ」

「だめだ。そんなことをしても、もう手おくれだ」

うらみと批難にゆがんだ死顔、血、肉片、臓器、骨。まわりの人だかり。そんな所へは、とても戻れたものではない。

「やめろ。逃げきれはしないぞ」

「逃げてみせるとも。目撃者はなかった」

青年は、ふたたび速力をあげた。つきまとうあらゆるものを、ふりはなすために。

「しかし、無理だろうな。ほら」

心の声は鋭く告げた。青年は速力をゆるめず、耳を傾けた。そういえば、かすかにすすり泣く、悲鳴に似た音が、どこからともなく聞こえてくる。それを遠ざけようと、さらに速力をあげてみた。だが、消えるどころか、音は徐々に高まってきた。追ってくる音だ。

「パトカーだな」

「質問に、なんと答えるつもりだ。自宅へでも、知人の家のある方角でもない場所を急いでいることを」

「逃げきれれば、そんなことは問題ではない」

バックミラーには、どうしても目をやれなかった。いつ、そこに追手の姿があらわれ、大きく迫りはじめるかしれないのだ。ガラスへの雨の当り方が、いっそう激しくなった。両側の家々が滝となって後方に流れる。

あの家々のなかでは、だれもが安らかに眠っているのだろうな。ふと、こんなことが頭をかすめた。もちろん、なかには明日の悩みを持てあまし、悪夢にうなされている者もあるだろう。どんな悩みかはわからないが、小さなことにきまっている。ご希望なら、かわってあげてもいい。こっちはひき逃げをし、いま現実に、パトカーに追いまわされているのだから。

だが、サイレンの音は、それ以上大きくはならなかった。距離がちぢまらないようだ。

「なぜ、追いつかないのだろう。追いつけないのだな」

青年がつぶやくと、心の声が答えた。

「いや、わざと追いつかないのだ。ほかのパトカーと無線で連絡をとり、前後からはさみうちにする作戦にきまっている。もう、いいかげんにあきらめて、とまったらどうだ」

「いやだ。そんな手には乗らないぞ」

「あくまで、逃げきれるつもりなのか」

「そうとも」

「もう知らないぞ。忠告はしない。勝手にしたらいい」

「そうするとも」

青年は横へ曲る道を見つけ、それへハンドルを切った。一段と暗い場所だった。ちょうどいい。ここを抜ければ、うまく追手をごまかせるだろう。彼はひとまず、ほっと……。

そうは、できなかった。その時、ライトのなかに、横に張られたくさりが見えたのだ。危ない。ここもだめだった。彼は、思いきりブレーキをふみつけた。

黒い人影がドアをあけ、精根がつきて、ぐったりした彼を取りおさえた。

やがて意識を取り戻すと、彼は小さな部屋のなかにいた。前に見知らぬ人物がいて、じっとこっちを見つめている。その視線にたえられなくなり、彼は聞いた。

「どこなのです、ここは」

「法廷だ」

「なぜです。法廷に連れてこられた理由を、教えて下さい」

「もちろん、犯した罪をさばくためだ」

「なんの罪なのです。いったい」

青年は一応しらっぱくれ、ようすをうかがった。だが、相手の声は、すべてを知りつくしているような響きをおびていた。

「なんにもしていない、と主張するつもりなのか」

調査は、すんでいるらしい。あまりごまかそうとするのは、かえってよくないだろう。彼はしぶしぶ認めた。

「事故はおこしたようです。しかし、あくまでも事故です」

「事故ならば、逃げる必要はなかったはずだ」

「それは……」

青年が答に窮すると、相手は視線を集中したまま、思いがけないことを言った。

「事故をよそおった、殺人だからだろう」

「とんでもない」

「そうでない証拠をあげられるか」

「被害者に、わたしを知っているかどうか聞いて……」

青年はまた口を閉じた。あの時の衝撃を、ありありと思い出した。すぐ助ければまだしも、ほっておいたからには、死んでしまったにちがいない。相手もいま、殺人と言った。死者には証言をさせることができない。

「反証をあげることができないのなら、殺人と認めることになる」

「そんな、むちゃな……」

「おまえのやった行為は、むちゃでないというつもりなのか」

青年はしばらく黙り、それから弱々しく反抗した。

「殺人なら、どうなるのでしょう」

「いうまでもなく、死刑だ」

「死刑ですって。それはひどすぎる。第一、弁護士もつけてくれない。こんな裁判はない。リンチだ。こんなことが許されていいのか」

と、彼は大声をあげた。だが、相手は落ち着いた声で、

「おまえは、罪を認めているではないか。問題はないはずだ。法廷は決して、無実の者を罰しはしない。また、しゃにむに刑の執行を急ぐわけでもない。言いぶんがあるのなら、判決を下す前に、いくらでも発言していい」

「いくらでも……」

青年は相手の言葉をおうむがえしに口にしたまま、呆然《ぼうぜん》とした。しかし、なにを発言したらいいのだろう。相手は殺人と決めてしまっている。そして、その反証はあげられないのだ。もはや、なにを弁解しても無駄だろう。逃げる道は残されていないだろうか。

考えられる唯一の方法は、異常性を主張してみることぐらいだろう。そうだ。試みてみるに限る。青年は言った。

「じつは、わたしは精神に異常があるのです。狂気なのです……」

相手はそれを聞いているらしく、青年を見つめつづけている。彼はそれに勢いを得た。

「そういう者を罰することは、できないはずです……」

青年はくりかえし主張し、少し自信を持った。相手はさっき、いくらでも発言していいと約束した。しゃべりつづけている限りは、判決の下されることもないはずだ。安全が保証されているともいえる。

しかし、まもなく障害が訪れてきた。そういつまでも、つづくものではないのだ。のどが渇き、舌がもつれてきた。頭も疲れてぼんやりし、しゃべっている主張も、単なるくりかえしになってきた。だが、やめることは判決を意味する。死刑。あらゆるものへの別れ。とりかえしのつかない終止符。彼は気力をふりしぼった。

どれくらい、しゃべりつづけたろうか。声もかすれてきたし、なにを言っているのか、自分でもわからなくなってきた。もう、だめかもしれない。あきらめようかと相手の顔に目をやった時、相手は依然として青年を見つめたまま言った。

「いまは、それまででいい」

「というと」

「明日まで休廷する。残りは明日、その発言をするように」

それを聞き、青年はため息を大きくついて横になった。一日は確実にのびた。明日はまた、気力の限りしゃべりつづけることにしよう。そして、明後日まで持ち越すのだ。楽なことではないが、これで永遠に逃げつづけられるかもしれない。もしかしたら、そのうち相手がねをあげ、あきらめてくれるかもしれない。そうなれば釈放されるのだ。しかし、それまではあくまで主張しつづけなければならない。「わたしは狂気なのだ」と。

「わたしは狂気なのだ、と主張していますが、どうしたのですか、あの青年は」

訪問者が聞きとがめ、医者が答えた。

「わかりません。非常に珍しい例です。毎日、一定時間だけ自己の狂気を必死になって主張しつづけ、あとは死んだように、ぐったりするのですから」

「狂気を主張する狂人とは、たしかに、あまり聞いたことがありませんね。で、どこから連れてこられたのです」

「公園のなかの自動車のなかです。運転席で、バックミラーにうつる自分にむかって、ああしゃべっていたのです。悩みが高まったためかもしれませんし、急停車して頭のどこかを打ったのかもしれません。毎日、一日として休まず、鏡にむかってあの発作をはじめるのです。数カ月になるのですが、症状は少しもよくなりません」

「気の毒なものですね。なにか手がかりは……」

「ありません。その自動車ですが、どこかの街路樹をかすめたらしく、そのあとが車体に少しついていました。まあ、これはなんの関係もないことでしょうが……」

すばらしい星

宇宙船は、静かに飛びつづけていた。なかには、星々を調査する学者たちが乗っている。

「前方に小さな惑星を発見しました」

と、隊員のひとりが言った。しかし、隊長の表情は、あまり期待にみちたものとはならなかった。

「どうせ、たいしたことはあるまい。いままでの星々で、ろくなものは一つもなかった。岩だらけの荒れはてた星、氷に閉ざされた星。たまにましな星があったかと思うと、感じの悪い住民がのさばっている。おそらく、こんどのも……」

「ところが、そうではないのです。望遠鏡で観察しました。小さな星ですが、海も陸もあります。そのうえ美しい草花が咲いています。しかも、住民は見あたりません」

「そうか。いちおう着陸してみよう」

宇宙船はその星に接近し、やがて山のそばの草原におりたった。隊長はみなを制し、

「たしかに気持ちのいい星だ。それなのに、住民がいないのはおかしい。もしかしたら、病原菌があるのかもしれないぞ」

大気の検査が行われ、すぐに結果が出た。

「大丈夫です。清潔そのものです」

「よし、出かけよう。だが、念のために武器の携帯を忘れるな」

宇宙船のドアがひらかれた。一行は久しぶりに緑の草をふみ、新鮮な大気を思いきり吸った。

「なんともいえない、いい香りです。あ、あの花のにおいだ。標本に持って帰りましょう」

と、ひとりは大輪の五色の花をつけた草花にかけよる。また、毛のふさふさしたリスに似た動物をつかまえた者もあった。地球上のどんな動物も及ばない、かわいらしさをそなえていた。愛玩用として申しぶんない。

考古学専攻の隊員は、山のふもとで古い遺跡を発見し、喜びの声をあげた。大理石でできた廃虚のいたるところに、黄金製の彫刻品が並んでいる。考古学の資料としてはもちろんだが、美術品としても、すばらしい価値を持つものであることが、すぐにわかった。

また、山の洞穴に注意ぶかく入っていった隊員は、そこで放射性鉱物を発見した。そのまま推進燃料に使えるほど、純度が高い。これを補充すると、地球への帰還を一段と早めることができる。

空では声のいい小鳥たちがさえずり、夜になると草むらの虫が銀の鈴を振るように鳴いた。地球上の四季の、いいところだけを寄せ集めたような状態だった。樹々には味のいい果実がみのり、澄んだ小川には、たくさんの魚がむれていた。さらに川の底には、地球では産出しない種類の宝石が、大粒の輝きを放って散っている。

隊員たちの報告を聞き、隊長はため息をついた。

「信じられないことだ。なにもかもそろっているのに、住民がまったくいないとは。しかも、夢でも幻覚でもなく、すべて本物だ」

みなは宇宙船のなかに、あらゆる物をはこびこんだ。つめられるだけつみ終り、隊長は出発の命令を口にしようとした。

その時、青空の雲のかげから、みたこともない型の小さな宇宙艇《てい》が高速度でおりてきた。そして、地球人の宇宙船に呼びかけてきた。

「ちょっと、お待ちください」

それを聞いて、だれもが驚いた。だが、応答しないわけにはいかなかった。隊長はこわごわ聞きかえしてみた。

「地球の宇宙艇ではないようですが、どうして、わたしたちの言葉がわかるのです」

宇宙艇からの声は、その説明をした。

「高性能の装置で、上空からあなたがたの言葉を聞きとり、それを分析したのです。わたしたちの科学力は、優秀です。その気になれば、あなたがたの宇宙船など、一瞬のうちに灰にすることもできます」

「それでいったい、どんなご用ですか」

「その宇宙船のなかを、調べさせてください」

断わったりしたら、どんなことをされるかわからない。隊長が承知すると、宇宙艇は軽快に着陸し、ふたりの異星人が宇宙船に入ってきた。強力な科学的武器の持ち主のわりには、彼らは意外にていねいな態度だった。

彼らは宇宙船内を調べ、それから隊長に言った。

「では、代金をお支払い願います」

「代金だって。われわれは、この無人の星から採集したのだ。そんなことを要求される、いわれはない」

と隊長は首を振ったが、異星人たちはあきれたような口調になった。

「そんなのんきなことを、おっしゃられては困ります。こんな星が、ただでころがっているわけがないでしょう。この星はわたしたちが作った、セルフサービスのマーケットですよ。お客さま本位の気持ちのいい雰囲気《ふんいき》と、清潔さとをモットーとしております」

「そうとは知らなかった」

と、みなは思わず顔をみあわせた。

「ところで、お持ちになった品ですが、お買いになりますか。それとも、おやめに……」

事情はわかったものの、かえす気にはなれない物ばかりだった。隊長はこわごわ申し出た。

「もちろん、買いたいものばかりだ。しかし、代金の用意がない」

「本来は現金取引きがたてまえなのですが、あなたがたは、はじめてのご来店です。今回は借用証でけっこうです」

ついに、隊長は借用証を書かされてしまった。

「これでいいだろうか」

「けっこうでございます。いずれ、あなたがたの地球という星へも、品物を仕入れにまいります。豊富な商品をさりげなく陳列し、手に取らずにいられなくするのが販売の秘訣《ひけつ》です。おかげさまで、ますます繁盛するようになるでしょう。……ありがとうございました。またどうぞ」

と、異星人に見送られて、みなは複雑な表情で宇宙船を離陸させ、地球へむかって帰途についた。

分工場

新型のスポーツカーを運転し、事業家のエム氏は郊外に出かけた。といって、車の乗心地を楽しむためではない。また、さわがしい都会での日常からちょっと抜け出し、頭をさっぱりさせようというのでもない。だいぶ前に手に入れ、そのままにしておいた建物を見に行くのが目的だった。

かつて、義理のある友人から押しつけられた、小さな古い工場のことだ。採算のとれる事業が思い浮かばないまま、ずっとほったらかしになっている。番人もおいていない。番人をやとえば、金がかかる。それに、内部には機械どころか、盗まれて困るようなものは、なにひとつないのだから。

「いっそ、火事で焼けてしまっていてくれると助かる。そのほうが、新しく建てるための、取りこわしの手間がはぶけるというものだ」

こうエム氏はつぶやきながら、車を進めた。やがて、林のなかに古ぼけた建物が見えてきた。あいにく、焼けてはいなかったようだ。彼は、細い道に曲り、建物のそばで車をとめた。長いあいだ手入れもされず、風雨にさらされていた木造のため、よごれ、いまにも崩れそうな状態だった。

エム氏はどう新築したものかと、設計図をいろいろと頭に描きながら、雑草の茂った敷地内を歩きまわった。

だが、とつぜん足をとめた。だれもいないはずの建物のなかから、ひとりの人物があらわれたのだ。そして、両手を高くあげ、深呼吸のような動作をはじめた。エム氏はふしぎに思い、声をかけた。

「おい」

「なんですか」

と、相手はふりむいた。赤ら顔で山高帽をかぶり、マントをはおっている。その姿から判断すると、宿なしの浮浪者が勝手にとまりこんだ、という感じではなさそうだった。しかし、正体の見当はつかない。しいて想像すれば、ひそかに練習をしているアル中の奇術師、とでもいう外見だが、酒気をおびてはいなかった。エム氏は聞いた。

「この建物で、なにをしているんだ」

「なんでもいいでしょう」

相手は、ぶあいそうな口調で答えた。エム氏は少し腹が立った。

「いいことはない。この建物は、わたしの所有だ。ぼろぼろにはちがいないが、無断で出入りし、そのうえ、いばられては面白くない」

「それは知りませんでした。あいていたので、使わせていただいたのです。お使いになるのでしたら、すぐに退散いたします。お許し下さい」

と、相手の言葉はていねいになった。だが、エム氏は文句をつづけた。

「お許し下さいもいいが、あいさつする時には、帽子ぐらいとったらどうだ。マントをはおったままあやまるのも、失礼だ」

「しかし、これはちょっと……」

なぜか相手は、そうしたがらないようすだった。こうなると、エム氏がますます意気ごむことになる。

「さあ、帽子とマントをとりなさい」

「はい……」

しぶしぶながら、相手はそれに従った。エム氏はそれを見て叫び声をあげた。頭には二本の角《つの》がはえており、からだは裸で赤っぽく、虎の皮のパンツをはいている。

「こんな所で、仮装行列に出あうとは。いったい、なんのまねだ」

「まねではありません。本物です。本物の鬼です」

エム氏は、しげしげと観察し、それがうそでないことを知った。

「なるほど、うわさに聞く鬼に、まちがいないようだ。だが、なぜ、こんな所にいるのだ。ははあ、さては節分の豆で追払われ、ここに身をかくしたというわけだな」

「いいえ、ちがいます。わたしはそんな、この世をうろつくような鬼ではございません。ご安心下さい」

「では、どんな種類だというのだ」

「地獄の鬼です」

「地獄の鬼だと。なお、ぶっそうだ。しかし、どうも論理が一貫していないな、現実にここにいながら、この世をうろつかないと言う。しかし、地獄の鬼と称しながら、安心しろと言っている。さては、気まぐれの鬼か。それとも、スパイか」

エム氏は、恐怖と混乱と不安のまざった声で言った。だれだって、こんな場合にはそうなる。しかし、鬼は礼儀正しく解説を加えた。

「生きている人にたいして、地獄の鬼は手を出せないわけです。ですから、ご安心下さいと申したのです。しかし、いずれにしろ、無断で建物を使いました。家賃に相当するものをお払いし、すぐに移動いたします」

頭をさげる鬼を見て、エム氏はいくらかほっとした。すると、押えられていた好奇心が高まってきた。

「どうせ使わなかった建物だ。家賃はいらない。そのかわり、ここでなにをやっていたのか教えてくれ」

「それはちょっと……」

「しかし、ひとの建物を、勝手に使用していたのだ。それぐらいは、持ち主に報告するのが当然だろう」

相手がおとなしいので、エム氏は元気を取り戻し、強く要求した。すると鬼は、

「それでは、あなただけにお話ししましょう。秘密にねがいます」

「約束は守ろう。破ったら、舌を引き抜いてもいい」

「舌などは抜きませんよ。もっとも、他人におしゃべりになっても、信用されないでしょうが……」

「そうもったいをつけずに、早く聞かせてくれ」

鬼は声をひそめて言った。

「じつは、地獄へ送られてくる亡者が、最近、急激にふえてきました。いままでの場所と設備では、とてもさばききれません。そこで、この世の一部をお借りし、その処理をしているわけです。つまり、分工場とでもいえましょう」

「どうやっているのだ。なかを見せてくれ」

「それはちょっと……」

と、鬼はまたも困った顔になった。だが、エム氏は思いとどまる気になれない。

「いいじゃないか。それに、これは自分の建物だ。入っていけないわけがない」

「ご案内しましょう。建物の持ち主があらわれるとは、注意がたらなかったようだな……」

鬼は仕方なく、先に立ってなかへ入った。エム氏はそれにつづいたがその異様な光景に、一瞬たちどまった。子分の鬼らしいのが数名いて、それぞれが一群の亡者たちの監督をしている。子分の鬼と判断した理由は、その角が一本であったためであり、亡者と判断した理由は、世にも哀れな表情をしているからだった。これは、まちがってもいないようだった。

「なにをしているのです、この男たちは」

と、エム氏は手近な一群を指さして聞いてみた。印鑑をひとつのせただけの机が、ずらりと円形に並べられてある。亡者たちは手に紙を持ち、それを順々にたどっているのだ。よく見ると、手の紙に机の上の印を押し、そしてつぎの机に歩き、また同じことを無限にくりかえしている。

用紙が一杯になると、それを監督の鬼に渡す。鬼がうなずいて受取るのを見て、エム氏はひとごとながらほっとした。だが、それで終りではないらしい。鬼は印で一杯の紙を破りすて、また新しい白紙を渡すのだ。亡者は列に戻り、ぐるぐるまわりの一群に加わる。

この無意味きわまる作業は、いままでずっとつづいてきたらしく、亡者の男たちは、みな疲れはてていた。二本角の鬼は、べつに同情もしない口ぶりで説明した。

「生前に、役人だった連中ですよ。その罰を受けているわけです。民間人に対して、あっちの課へ行け、そっちの課で印をもらってこい、などとさしずしたむくいです」

「かないませんな。いつまでつづくのです」

「もちろん、生前にやったのに相当する回数ですよ」

「なるほど。しかし、印でまだいい。サインだったら、なお苦しいだろうな……」

と、エム氏は妙な感心の仕方をしたあと、べつの一群に質問をうつした。それは女性が多かった。なにかを訴えているらしいが、声がかすれて、よく聞きとれない。やっと、それが「水が欲しい」という言葉であるとわかり、エム氏は鬼に抗議した。

「これはなぜです。みな、水をもとめて苦しんでいますが、渇き責めとは残酷だ。まさに地獄だ。……いや、そういえば、ここは地獄の一部だったわけだな」

「地獄はけっして、残酷なところではありません。残酷なほうは、本人たちですよ」

「いったい、どんな悪事をしでかしたのですか、この女たちは。少しは男もまざっていますが……」

「大部分は、レストランのウェイトレスだったわけです。お客さんが、おひやをくれ、とたのんでも、聞こえないふりをして、ぐずぐずしていた。その時間の総計に当る期間だけ、水を与えないことになっています」

「いわれてみると、合理的な気もする」

「そうですとも。しゃばの世界がもっと合理的になってくれれば、われわれも助かるのですが。そのしわ寄せが、みな、鬼の労働にかかってくる。生前の行為を帳消しにし、亡者を成仏させてやるため、こんなぐあいに、あとしまつをしている鬼の身にもなって下さいよ」

鬼は少し悲しそうな声を出し、エム氏は同情した。

「鬼の目にも涙、とかいうことわざがあるが、こんな形であてはまるとは思わなかった」

「泣きたくもなりますよ。まざっている男をごらんなさい。彼らは水道関係の役人でした。成仏させるのに、どれだけの時間がかかると思います」

エム氏はうなずき、その亡者たちと鬼との両方から目をそらせた。すると、そこにも一群の亡者たちがいた。椅子に腰をかけ、レシーバーを耳につけ、無線関係の技術者といったようすだった。だが、音楽を聞いているのではないらしい。

「これは、どういう連中です。レシーバーを押しつけられ、顔をしかめているのは」

「ああ、あれですか。それぞれ、聞いているものがちがいます。第一の列の男たちは、若い時にバイクマニアで、爆音をまきちらしました。その録音を、いま聞かされているのですよ」

「たまらないだろうな」

「音量を倍にして聞いてくれれば、期間を半分にしてやってもいいのですが、それもいやがります」

「つぎの列は……」

「保険の勧誘員、つぎが新聞の勧誘員。そのとなりは建築業者。へたな音楽家も」

「選挙で連呼した連中はいませんか」

エム氏は思い出し、鬼にむかって聞いた。その連中の顔を見てやりたい。だが、それはかなえられなかった。

「連呼だけなら、ここで扱いますが、政治関係者はべつな場所にまとめて、特殊な方法を行なっています。複雑で強烈で、とてもわたしのような単純な人のいいものでは……」

と、その鬼は身ぶるいし、言語に絶する表情をした。エム氏は思わず目をつむった。質問しないほうが、よさそうだ。説明されたらこちらまで気を失うかもしれない。

エム氏は聞くのをやめ、ほかの群れを見まわした。台の上にのせられ、ぐらぐら揺られているものもある。しばらくならいいだろうが、長くつづいたら、やはり、たまらないだろう。道路工事の責任者だったのだろうか。

プラスチック製の箱に入れられ、煙責めにされている亡者は、禁煙の場所でタバコでも吸ったのだろう。どんな仕掛けかわからないが、床の吸殻を拾わされているものもあった。その吸殻はキノコのごとく、拾えど拾えど、無限にはえてくるのだった。

頭を何度も、ぺこぺこと下げている男もあった。生前よほどいばっていた連中にちがいない。そばのメーターは、頭を下げるたびに数字をあげている。その数字は八桁《けた》ほどになっていたが、男は前途遼遠《りょうえん》といったようすだった。

「たまりませんな」

と、エム氏がため息をつくと、案内してくれた単純な鬼は、自分への慰めと受けとって答えた。

「まったく、たまったものではありません。あなたはどうです。あまり、われわれに世話をやかせないよう、お願いしますよ」

エム氏はそっと反省してみた。役人でなく、事業家でよかった。それに、あまりいばる性格でもない。エチケットはまもるほうで、他人に迷惑をかけた記憶もなかった。スポーツカーも静かに運転している。さっきは鬼に注意したが、無断使用をとがめたのだから、まあいいだろう。

「大丈夫のようです」

「こんごも、そう願いますよ。では、われわれはこの場所から退散します。いままで使わせていただき、ありがとうございました。どこかの廃坑でもみつけて、そこに移動することにいたしましょう」

鬼はあらためてお礼を言った。エム氏はしばらく考えていたが、やがて引きとめた。

「いや、そうお急ぎになることはありません。まだ当分、このままお使いになっていて結構ですよ」

「そう願えれば助かります。われわれに協力していただけるとは、思いませんでした。なにしろ、地獄はあふれんばかりで、新しい場所をさがすのが一苦労です」

と、鬼は意外な申し出に、大喜びした。しかし、エム氏は、

「いや、協力というつもりでは、ありませんよ。この建物を使う計画を、あらためて検討しなおしてみるだけです……」

と、言葉を濁した。

鬼と別れ、その古びた建物をあとにし、自動車で町に戻りながら、エム氏はつぶやく。

「計画は、中止したほうがよさそうだ。あの場所に、テレビのコマーシャル専用の製作スタジオを建てるつもりだったのだが。そんなことをしたら、死んでから成仏するまでに……」

ごきげん保険

朝。ベッドから起きあがったエヌ氏は、眉間《みけん》にしわを寄せ、しばらくのあいだ首をかしげた。なにかを思い出そうとしているようだ。

やがて、軽くうなずく。やっと、なにかを思い出したらしかった。彼は電話機を引きよせ、ある番号へかけた。

受話器の奥で、礼儀正しく正確な口調の応答があった。

「はい。おはようございます。万能生活保険会社でございます。まず、保険証書の番号をどうぞ。それから、ご用件をどうぞ」

エヌ氏はすでに暗記している、自分の証書の番号を早口で告げる。つづいて、不満そうな声で文句をぶちまけた。

「昨夜はどうも、ぐっすり眠れなかった。いろいろ考えてみて、その原因に思い当った。これというのも、ノラネコが一晩じゅう近所をうろつき、なき声をあげていたせいらしい。まことに面白くない」

「ごもっともでございます。さぞ、お悩みだったことでしょう。心から、ご同情申しあげます」

「どうしてくれるか」

「はい。そのネコの所在をご通知いただければ、すぐに捕獲係を派遣いたします。そして、二度と問題のないようにいたしますが……」

「そのネコがどこにいったか、いまとなっては調べようがない。それに、いまさらつかまえてみても、手おくれだ。不愉快な感情は消しようがない」

「では、その不愉快さに相当する金額を、お支払いします。それで、お許しいただけないでしょうか」

「よし。かんべんしてやる」

「ありがとう存じます。さっそく、そちらの銀行口座に送金いたします。五分後に銀行へお電話をなさって、おたしかめを」

「いや。その点は信用している。いままで、送金をまちがえたり、おくれたりしたことはないからな」

「ご信用いただいて、ありがとうございます。当社は迅速、確実、そして奉仕。この三つを信条といたしております。なにか生活に、ご不満がわきましたら、いつでも、すぐにご連絡を……」

「ああ」

　エヌ氏はさっぱりした表情になり、電話を切った。彼はきげんよく簡単な朝食をとりながら、壁のカレンダーを眺め、ひとりごとを口にした。

「万能生活保険に入ってから、もう二カ月になるな。はじめて勧誘員に口説かれた時には、どうしようかと、だいぶ迷った。しかし、やはり加入してよかったようだ。生活上のごたごたのすべてが、即座に片づく。宵越しの不愉快を、持たなくてすむようになった。宵越しどころか、五分間とがまんしなくてすむ」

エヌ氏はコーヒーに砂糖を入れ、かきまわしていたが、また顔を曇らせた。陶器の砂糖入れに描かれてある模様が、ほんの少しだがはげかかっているのを発見したのだ。

彼はすぐに電話機を手にした。

「はい。万能生活保険会社で……」

と、例の声がていねいに答えてきた。エヌ氏は証書の番号を言ってから、

「半年ほど前に買った、砂糖入れのことだが……」

「けっこうでございます。原因がご加入以前のことでしても、当社は拒否したりはしません。いかがなさいました」

「もう、模様がはげかかっている。面白くない。かかる粗悪な品をつくり、販売するということは、商業道徳に反している。けしからん」

「ごもっともです。それをお買いになった日時、店をお知らせ下されば、当社がかわって、関係者に厳重な抗議をお伝えいたします」

「半年まえのことだ。そんなことは覚えていない」

「では、その製品に相当する代金を、当社からお支払いしますが、それでよろしいでしょう

か」

「よし。まあ、がまんしておく」

エヌ氏は、すがすがしい気分で出勤した。

出勤の途中、エヌ氏は公衆電話に飛びこんだ。

「はい。万能生活保険……」

「いま、出勤の途中だ。じつは、電車のなかで、そばに美人が乗っていた。何度もウインクしてみたが、いっこうに反応がない」

「それはそれは。さぞ、お悩みのことでしょう。その女性の、住所氏名をお知らせいただければ、ご意志をお取次ぎいたします。しかし、こと恋愛に関しましては、相手に強制はできかねます。これは、ご契約の時の約款《やっかん》にあります通りで……」

「わかっている。しかし、たしかに精神的に傷つけられた」

「それでは、それに対応する慰謝料を、当社がお払い申しあげます。いかがでしょうか」

「よし、いいだろう」

一日の仕事を終え、エヌ氏は会社からの帰りがけに、また公衆電話に入った。

「はい。万能……」

「会社を出ようとした時、上役に呼びとめられ、怒られた。仕事の能率が悪いというのだ。たしかに、われながら、そう優秀な社員とは考えていない。それはわかっている。だが、上

役におこられるのは、一種の精神的苦痛にちがいないと思う」

「ごもっともです。それをおなぐさめする意味で、保険金をお支払いいたします。どうぞ、それでバーへでもお寄りになって、お好きなように、気晴しをどうぞ」

「ああ。そうするとしよう」

しかし、電話を切ったエヌ氏は、バーへ寄ろうとはしなかった。

彼は銀行の口座にぞくぞく入金する金を、酒や女性などに、浪費する気にはなれなかったのだ。

エヌ氏は自宅に帰り、また電話機を手にした。これほど誠実で、頼りになる話し相手はいない。彼はたまたま独身のせいもあったが、たとえ独身でなくても、おなじことにちがいない。

道ばたに落ちていた、だれかが捨てたタバ

コの吸殻。商店の看板にみつけた、文字の誤り。この二つの問題を彼は指摘し、いかに精神的に不快であるかを、思いきり訴えた。相手は心から同情してくれ、保険金の支払いを承知してくれた。

エヌ氏は新聞を眺めながら、夕食をとりはじめた。そして、途中で顔をしかめ、どうしようかと迷っていたが、このままでは消化によくないだろうと思い、電話にむかって、

「おい。夕刊を見たか」

「はい。なにごとでしょう。なにか、お気にさわることがありましたでしょうか」

「ああ。ひいきしている野球チームが、負けてしまった」

「お気の毒です。あすは必ず勝つように、ごいっしょにお祈りしましょう。しかし、きょうのところは……」

「それから、社会面だ。交通事故が、二件ほどあったらしい」

「はい。そのようです」

「これというのも、政府のやり方が手ぬるいからだ。なぜ、万全の施設を普及させないのか。政治の貧困を、国民の危険にしわ寄せしようというのは、どうも許せないことだ」

「お説の通りです。憤《いきどお》りは、充分にお察しします」

「気分が害された」

「それにみあう金額は、ただちに、お払いいたします。なにとぞ、それで、お気をお静めに……」

「よろしい」

エヌ氏はきげんをなおし、気持ちよく食事をつづけた。もし、この保険に入っていなかったら、いらいらして夕食をつづけるところだ。それが重なったら、消化器系統の病気になり、寿命をちぢめることにもなるだろう。なんとすばらしい保険だろう。

エヌ氏は夕食を終え、しばらくテレビを眺めた。そのあいだに、二回ほど電話をかけた。一回はドラマのなかで、あまりにも人が死にすぎる点で、もう一回は、ちっとも人が死なない点で、それぞれ不満を言ったのだ。

夜がふけ、ベッドで横になる前に、エヌ氏は一日の最後の電話をかけた。

「これから眠るところだ。しかし、このごろ、ふと考えることだが、数年まえにくらべて、若さがいくらか失われてきたようだ」

「そのお悲しみには、無条件でご同情いたします。としをとることは、むかしから、人生最大の苦しみの一つにあげられているようです」

「仕方のないことだろうが、頭をかすめるたびに、まったく悲しくなる」

「とても金銭に換算できることではありませんが、いちおう、当社の規定の線の額でお許しを」

「がまんしよう」

エヌ氏は電話を切ろうとしたが、電話の相手は、まだ話しつづけていた。

「おやすみのまえに、言い残したご不満が残っていないか、お手数ですが、もう一度お調べ願います。当社は、いかなる文句も、お受けいたしております。どんな対象でございましても……」

「そうだな……。あ、ないこともないぞ。万能生活保険は、じつにサービスが行きとどいている。こんなことなら、なぜもっと早く、勧誘に来てくれなかったのだ。大いに文句を言いたいところだ」

「おそれいります。当社は、当社へのご不満も扱っております。では、ただいまのご不満について……」

エヌ氏の一日は、かくして終る。つぎの日も。そのつぎの日も……。

そして、月末。エヌ氏は銀行へ寄り、たまった金額の数字をうれしそうに眺める。それから、その金額を全部おろし、さらに、自分の給料のなかから相当の額を加え、支払いに当てるのだ。いまや、彼の生きがいとなった使いみちに対して……。

いうまでもなく、それは、万能生活保険会社へ納める保険料以外には考えられない。

責任者

「どんなことがあっても工事を急げという、本社からの命令だ。もっとピッチをあげろ。もし、おくれるようなことになれば、おれが責任をとらなければならない」

いらいらした口調で、エス氏が言った。ここは山奥。しかし、ダイナマイトやブルドーザーの音がこだまし、いま、道路建設が進行中だった。彼はその現場の責任者。このところ、工事の進み方が、どうも予定より遅れがちだったのだ。

「じつは、その……」

部下のひとりが、なにか言いかけ、エス氏は身を乗り出した。

「なんだ。立退《たちの》き反対者でも出たのか」

「そんなようなものですが、相手がよくありません」

「なにものだ」

「このさきの山腹に、ほら穴があります。化物の住む穴だとの伝説があり、みな、気味わるがって、仕事をためらっているのです」

「とんでもない話だ。下の谷川の水で、頭をひやしてこい」

「最初はわたしも、そう思ったのですが……」

「なにか言いぶんがあるのか」

「穴の奥から、事実、わけのわからない声が聞こえてくるのです。わたしも耳にしました。白っぽい姿を見た者もいます。どうしましょう」

「どうもこうもない。気のせいに、きまっている。よし、その気休めのために、坊さんでも呼んで、盛大な儀式をやることにしよう。むだともいえそうだが、必要経費と認めることもできる」

さっそく、準備がととのえられた。穴の前に花や供物がそなえられ、エス氏をはじめ工事の関係者、また、村人たちが列席した。

近所の寺から老いた住職が呼ばれ、おごそかな読経《どきょう》がなされた。香の煙が、穴のなかに流れてゆく。迷える魂なら、これで満足し、成仏するはずと思われた。

しかし、そう期待どおりには運ばなかった。その時、穴のなかから出現したのだ。髪をふりみだし、足はなく、色は抜けるように白く、醜悪きわまる顔をしている。形容するとすれば、とてもこの世のものとは思われない、という言葉を使う以外にない。もっとも、幽霊ならば当然のことだが……。

恐怖におののいただれかが、反射的に石を投げつけた。それは命中したが、なんら影響を与えなかった。抜けるような白さを、文字どおり突き抜けたのだ。どうやら、幽霊にまちがいない。

大部分の者は思わず目をつぶったが、それでは恐怖を消せなかった。幽霊が声をあげたのだ。しかも、大きな笑い声を。

みんなは腰を抜かした。「うらめしや」と言われるのなら、覚悟はできている。だが、とめどない笑い声をあびせられては、原則に反する。

住職は耳が遠かったし、また職業柄、逃げ出すわけにもいかない。香をむやみやたらにたき、木魚をたたき、読経の声をはりあげた。エス氏をはじめすべての者が、念仏やらお題目やら、思いつく限りのあらゆる祈りの文句を口にした。奇妙で荘厳な大合唱だった。

だが、幽霊の笑いは高まるばかり。恐怖はやがて、憤慨の念に変った。ひとが熱心に、成仏させてやろうとしているのだ。それなのに、ありがたがるどころか、大笑いをするとは。失礼きわまる。

責任者であるエス氏は、勇気をふるって話しかけてみた。

「なにが心残りで、幽霊になっているのです。お気に召すようにしますから、どうか、ご希望をおっしゃって下さい」

しかし、答は得られなかった。相手はなにも答えず、ただ、笑いつづけるばかり。夜ふけに出現する物悲しい幽霊が、ふと、なつかしく思い出された。

昼間からあらわれ、笑いつづける幽霊など、いまだ聞いたことがない。しかも、笑われる理由がわからないことぐらい、人間にとって不愉快なことはない。

相手はいっこうに退散しそうになかった。したがって一同のほうで、退散しなければならなかった。

エス氏は頭をかかえた。

「この非常事態を本社に連絡したが、まるで信じてくれない。お化けごっこで遊んでいないで、工事を急げと言ってきた。本社からは一笑に付され、幽霊からも笑われ、あいだにはさまって泣きたい気分だ。なんとか、あれを成仏させる方法はないものだろうか」

部下のひとりが、思いつきを進言した。

「あのようすから察して、生前に笑いたりなかったのが、心残りなのかもしれません。どうでしょう。お神楽《かぐら》でもあげて、陽気にお祭りをしてみたら。あるいは満足してくれるかもしれません」

「うむ、考えられることだ」

エス氏は、その案の実行を手配した。

時期はずれのお祭りだったが、笛、太鼓の音がにぎやかに流れた。村人たちがオカメやヒョットコの面をつけ、急ごしらえの台の上で踊った。エス氏たちもまた、踊りにくわわった。

だが、それも長くはつづけられなかった。またも幽霊が出現したのだ。恐怖を克服することは、なれれば意外にたやすい。しかし、わけもなく、げらげら笑われるのを、がまんすることはできない。それが目的とはいえ、気の進まぬことおびただしい。いっこうに効果はあがらず、くたびれたために、この計画は中止となった。

「だめのようだ」

と、エス氏はため息をついた。べつな部下たちが、それぞれ自己の意見を発表した。

「もしかしたら、耳の遠い幽霊なのかもしれません」

「いや、おそらく宗派がちがうのでしょう。ある特定の宗教しか、うけつけないようだ」

各種の議論が出たが、それを検討しているひまはなかった。なにしろ、工事の進行を急がなければならないのだ。

思いついた案は、すべて片っぱしから実行に移された。手まねでノリトをあげられるという神主が、近くの村から呼び出された。少しはなれた町からは、教会の牧師が招かれた。報酬めあてなのだろう。幽霊退散のまじないを知っているという、怪しげな祈祷《きとう》師たちが、聞き伝えてやってきた。また、通信講座で催眠術を勉強したという青年は、幽霊にむかってへんな手つきをした。

さらには、なにも下手にばかり出ていることはない、といった主張もあった。鉄骨溶接用の火炎発生器や消火器での攻撃が試みられた。それらは別々に、また同時にも行われた。電磁石も持ち出された。なんら理論的な根拠もなかったが、殺虫剤がふりかけられた。

しかし、なにひとつとして、成果をあげることはできなかった。あいかわらず、あざけるような笑いをやめないのだ。いっこうに、幽霊の成仏しそうなけはいはなかった。なにが面白いのかわからないが、笑われるほうにとっては、面白くないことこのうえない。

面白くないだけならまだしも、エス氏は責任者だ。本社からの激しい督促との板ばさみになって、悩みはつのるばかり。ついに彼は、こんな命令を出した。

「だれでもいい。穴へ入って、奥をさぐってきてくれ。秘密がわかるかもしれない。賞金はいくらでも出す」

勇気のある志願者が、何名かあらわれた。賞金に目がくらんだ、命知らずの連中でもない。面白くない幽霊だが、いままでの例から、人に危害を加えないだろうと判断した者たちだった。

彼らはひとりの技師にひきいられ、穴のなかへと入っていった。思い思いの武器を手にして。考えてみれば武器など意味はないのだが、手持ちぶさたのためだろう。

そして、彼らは戻り、報告をもたらした。技師は言った。

「どうやらあれは、ただの幽霊ではないようです」

「ただの幽霊でなければ、なんなのだ」

と、エス氏が聞くと、技師はさびついた金属片のようなものを示した。判読はできないが、絵のような、記号のような、文字のようなものが記されている。

「奥のほうで、こんなものを発見しました。こわれ、ぼろぼろになっていますが、宇宙船の残骸と思われます。おそらく、どこかの星の宇宙船が大むかしにここに墜落し、そのためにできた穴なのでしょう」

「すると、あれは宇宙人の幽霊だったのか」

「そうでしょう。やつにとっては、遠い星で事故にあい、死んでも死にきれない心境なのでしょう。言葉が通じないのも、むりもありません。また、見なれない儀式をされると、笑いたくもなるでしょう」

「では、あれを成仏させるには、どうしたらいいのだ」

「さあ、やつの星に特有な宗教で、祈ってやればいいと思いますが……」

「そうなると、調べようがないではないか」

エス氏はがっかりした。いっぽう、本社からは、もはや一刻もおくれを許さないと、矢のような指令がくる。

そして相手は、成仏させる法のわからない幽霊だ。彼は責任者として、身動きできない立場に追いこまれてしまった。

数日間、眠らずに悩みぬいたが、依然として名案は浮かばない。

ある夜、エス氏はふらふらと歩き出し、夜道をさまよい、足をすべらしてしまった。あいにく深い谷川であり、下には岩があり、打ちどころも悪かった。つまり、死んでしまったのだ。

悩みに気をとられての事故死だろうか、責任を負っての自殺だろうか。工事関係者のさわぎは、しばらくそのほうに集中した。

そして、気がついてみると、問題の幽霊は、それを境に出現しなくなっていた。あの面白くない笑い声も絶えた。

しかし、ほっとするわけにはいかなかった。なぜなら、それにかわって、エス氏の幽霊があらわれはじめたのだ。こう言いながら。

「どうだ。おれが退治したぞ。幽霊を退治することは、幽霊にしかできない……」

つづいて、かん高い笑い声を響かせる。またも、あらゆる方法が再開された。こんどは地球人の幽霊だ。そう困難ではないはずだったが、効果はひとつもあがらなかった。

責任者の立場で悩みつづけたため、発狂してしまった者の幽霊だ。狂気の幽霊を成仏させるのに、どんな名案があるだろうか。

遺品

宇宙船内のスクリーンにうつっている地球が、しだいに大きくなってくる。それを眺めながら、私は言った。

「映画のフィナーレなら、ここで、終という字が浮きあがってくるところだな」

「ああ、なつかしい地球だ」

と、同僚が応じた。緊張は、高度とともに減っていった。

とつぜん、スクリーンが赤く明滅し、ブザーが鳴った。事故の警報。ふりかえると、各種の計器の針が、死にかけた昆虫の触角のように、激しく苦しげに揺れている。私はどなった。

「なんだ」

「噴射のバランスが変だぞ」

彼が言い終らないうちに、宇宙船はきりもみ状態に入った。

「飛び出そうか」

「いや、なんとかなるかもしれない」

壁面のパイプにつかまりながら呼びあい、私たちは故障の修理に努めた。だが、宇宙船はそのかいもなく、炎を不規則に吐く狂った竜となって、のたうち、ふるえ、地上へと落下しつづけた。

私たちが五カ月間にわたる彗星《すいせい》の調査を終り、やっと空港に着陸しようとした時のことだった。

私も同僚も、いずれも若い学者だった。もっとも、ちがっている点が一つだけあった。彼にはリーラという恋人があり、私にはそう呼べるものがなかったことだ。

私はリーラに会ったことがない。しかし、彼女については、どんな女性よりもくわしく知っていた。

せまい宇宙船内での、二人きりの生活。調査のあいまに彼が話すことといえば、いつもリーラのことだったし、とりだして見せるものといえば、彼女の写真だった。宇宙でのこの五カ月間、リーラは私の恋人でもあった。地上にいた時の何人かの女友だちの面影は、きらめく星々にとりかこまれた時間の手で、しだいに私の頭から消し去られた。

そして、眠る時、また女性についてふと考える時のイメージは、リーラ以外の姿でなくなっていた。細おもて、長い髪、色白の肌。私はリーラのにおいさえも、知っているような気になっていた。

同僚はいつも「どうだ、すばらしい女性だろう」という文句と「彼女に手を出したら、ただではおかないぜ」という、二つの矛盾した言葉を織りこみながら、リーラの話をくりかえした。

私もまた「いいかげんにしろ」と「まさか、きみの恋人ではね」との、二通りの返事をはした。

さんで、それを聞いた。このちょっと複雑な気分にひたることだけが、刺激のない宇宙船内での、たった一つの娯楽だったともいえた。

「だめだ。いいかげんで飛び出そう」

同僚は声をはりあげた。

「資料はどうする」

「もう、まにあわない。急ぐんだ」

スクリーンの上では、地平線、雲、陸、海が、めまぐるしくころげまわっている。このままだと宇宙船は、救助信号の電波をまき散らす花火となって、まもなく海中に突入するだろう。

「先に行くぞ」

彼は脱出装置に入って、ボタンを押した。私もまた、壁にぶつかりながら、べつな脱出装置にはい寄った。目の片すみでみとめた高度計の針は、ゼロの目盛とほとんど重なりかけている。私は回転による目まいのなかで、やっとボタンに触れた。

「まにあうだろうか……」

脱出装置は、私を激しく外部に発射した。そのショックで、気を失った。

私は彗星に包まれていた。彗星の中心ちかく、ピンク色の霧が静かに揺れている。太陽はいつものの、ぎらぎらした光ではなく、もやのかなたで、柔かく鼓動を打っていた。

彼はどうしたろう。私はあたりを見まわした。そして、もやのなかを泳いでいるリーラをみつけた。なぜ、こんなところに……。

「おおい」

呼びかけると、リーラは私をみとめ、答えた。

「あら」

どうして私を知っているのだろう。しかし、リーラは近づいてきて、その姿はしだいにはっきりしてきた。本当にリーラなのだろうか。目をつぶり、ふたたび開いた。

明るい光が押し寄せてきた。しかし、リーラの顔は、たしかにそこにあった。憂いを含んではいるが、彼女にまちがいない。

「お気がつきましたか」

そばで男の声がした。だが、それは聞きおぼえのない声だった。

「ここは……」

と、つぶやきながら、私は最後にボタンを押した記憶と、この室内のようすとを結びつけた。そばにいる白衣の男。人工的な静寂。それに、この特有のにおい。病院に運びこまれたのだと知った。

「で、彼は……」

即座に返事のないことと、リーラの表情とが答を示してくれた。私はため息とともに言った。

「……ぼくよりも早く脱出したのに」

白衣の医者は、その説明をしてくれた。

「彼のパラシュートが、開かなかったのです。海中に落ち、救助隊が引きあげた時には、もう……」

リーラは顔を伏せ、白い首すじが引きつるように波を打った。なぐさめの言葉が急には見つからず、悲しみの沈黙だけが張りつめた。私は手をさしのべようとし、右肩の痛みに気がついた。

「あ、肩が……」

「お動きにならないように」

医者は私を制し、左腕に注射をうった。鎮静剤なのだろう。まもなく痛みはうすれ、眠けが私と他とのあいだに、くもりガラスの壁を築きはじめた。そのむこうで去ってゆく足音を、ぼんやりと聞き、リーラのだなと心にきざんだ。

それから毎日、リーラは見舞いに来た。悲しみをまぎらせるため、また恋人の思い出に触れるために。

私もリーラを快く迎えた。宇宙での生活を、だれよりも熱心に聞いてくれるからだった。五カ月も宇宙にいたら、帰るとその話をしたくてならないものなのだ。しかし、それは表面の理由。リーラはずっと前から、私の恋人でもあったのだ。この反省と友情の入りまじった気分に、少しずつなれていった。

ある日、彼女はバラの花をかかえてきた。まくらもとの花びんにいけられた花を見るなり、私は口にした。

「これがあの、苦心して育てた変種なのですね」

彼女のバラの趣味についても、知りすぎるほど知っていた。五カ月間に、すべての話題は出つくしてしまっていた。

「ええ。花の大きさはそれほどでないけど、色はいいでしょ。それに、かおりが独特なのよ」

彼女も初歩的な説明は抜かし、それをふしぎにも思わなかった。だが、私が、

「退院したら、湖水の近くへでも行って、しばらく静養しようかな」

と言った時、リーラは、

「ええ。それがいいわ。そして釣をしましょう、いつかのように……」

と答え、気がついて顔をほてらせた。それを、人ちがいを恥ずかしがったためでなく、私への感情の接近のためだろうと判断した。

担当の医者に、私はかねてからの疑問を聞いた。

「右腕の負傷は、どうなっているのです」

「じつは、脱出の直後に、宇宙船の本体がぶつかり、もげてしまったのです」

という答で、自分の右腕を見た。しかし、ほうたいに包まれてはいるが、腕の形にちがい

ないようだ。

「すると、義手をつけたのですね」

「義手ではありません……」

医者は言いにくそうだった。だが、口に出してからは、冷静な調子で説明をつづけた。

「……生体を接合する研究は、めざましい進歩をとげています。しかし、人間については、ほとんど行われていません。なぜなら、四肢を失った人、与えてもいい人、これが時間的に一致することが少ないからです。しかし、あなたは運よく……」

「では、彼の……」

「そうです。でも、考えてごらんなさい。これからさき、不完全な義手で暮すのと他人からもらったものではあっても、肉体的な手を使えるのとでは、ずいぶんちがいますよ。それに、知らない人や、きらいな人の手ではなく、いっしょに宇宙旅行をした友人の手ではありませんか。まあ、もしおいやなら、いつでも義手につけかえてあげますが……」

すぐには返事ができなかった。

この事実を知って、私は腕を見つめ、目をそらし、ふたたび見つめた。この右腕は、リーラを抱擁した記憶を持っているのだろうか。持っているとしたら、どんな形で残っているのだろうか。リーラに対して高まりつつある私の感情は、この右腕がそそのかしているのだろうか。

肉体的だけでなく、精神的にもなにかが、つぎたされているような気持ちだった。

包帯が取り去られた日。長いあいだ両手を見くらべた。はじめて見る自分の手であり、見あきている同僚の手でもあった。

感覚はまだ不充分だった。動かそうとしても、非常にぎこちない。

左手の指と組み合わせてみようとしたが、右手の指は抵抗してでもいるようだった。神経の接合が、まだ完全ではないからだろう。

右腕へのマッサージが開始された。リーラは相変らず見舞いにやってきた。そして、回復を早めようとしてか、自分でもマッサージを手伝った。そんな時、私は思わず目をそらすのだった。

各種の療法がつづけられ、右腕の動きも、少しずつよくなっていった。早急にではない。

退屈な生活が、単調にくりかえされた。リーラとともに過す時間はいい。だが、そのほかの

時は持てあましてしまう。他の患者と雑談をする以外にない。

ある患者が話しかけてきた。

「ひとつ、手相でも見てやろうか」

それに対し、私は冗談半分で、右の手を出した。相手はなにも言わず、見つめるばかり。私は答をうながした。

「どう判断するのだ」

「いや、わからん。こんなのは、はじめてだ。最近、なにか大きな事件を経験したな」

「ああ、宇宙船の事故。あやういところで命拾いをした」

「そんな程度の事件ではないはずだがな」

「ところで、将来はどうなんだ」

「まあ、注意したほうがいいな。女性関係で、問題をおこすかもしれない。では、左の手のほうも……」

私は、それを出す気にはなれなかった。

退院をあすにひかえた夜。担当の医者が、病室にやってきて言った。

「いままで忘れていたが、あなたの同僚の遺品がありました。もし、遺族のかたにお会いすることがあったら、渡してあげて下さい」

「なんですか、品物は」

「これです。まだ使えるでしょう」

と、渡された品は拳銃だった。彼は、万一の場合、たとえば宇宙船が限りない宇宙へ漂流しはじめた時に、自分を処理する目的で持っていたのだ。私はそれを、そんなものを使わなくても、宇宙服なしで外へ出ればいいじゃないかと、からかったことを思い出した。

医者が去ったあと、右腕は拳銃に伸びた。かつて自分のものであった品を、なつかしむように手に握った。やはり、義手よりは便利なようだな。私は微笑した。だが、それはまもなく凍った。

右手の指は安全装置をはずし、引金に触れている。そして、私の目は、銃口の奥をのぞくことができた。

春の寓《ぐう》話《わ》

うすみどり色が、あたりいちめんに立ちこめている早春の山。エル氏はひとり、林のなかの小道をゆっくりと歩いていた。

たまには、都会のごみごみした空気からのがれて、静かさで身を洗うのもいいものだ。耳をすませば、草の育つ音さえ聞きとれそうだった。それに、雪どけの水を含んだ、遠い渓流のせせらぎ、小鳥のさえずり。まるで、夢の国にでもいるようだな。エル氏はなにげなく、春の歌を口ずさんだ。そのとたん、どこからともなく呼びかけてくる声を聞いた。

「もし、お願いでございます」

美しい声。澄んだ女性の声だった。あたりを見まわしてみたが、だれもいない。

「新鮮な空気を吸いすぎたための、気のせいだろうか。それとも、春の女神かな」

こうつぶやくと、またも声がした。

「気のせいでも、女神でもございませぬ」

そこでエル氏は、見えぬ相手に言った。

「どこにいるのです。かくれているのなら、でてきて下さい」

「かくれてはおりませぬ。あなたさまの頭のうえ、木の枝にいるのでございます」

見あげると、そこには鳥がとまっていた。声に劣らず美しく、五色の羽を持っている。エル氏は鳥類にくわしくなかったが、オウムでも九官鳥でもないことだけはわかった。

「こんな種類の鳥がいるとは知らなかった」

「いいえ、わたくしは鳥ではございませぬ」

「では、なんなのだ。どう見ても鳥だ。コウモリでも、トビウオでも、新型のラジオでもなさそうだが……」

「さようなものでは、ございませぬ」

エル氏は目をこすってから、あらためて言った。

「どうもよくわからん。話をはじめに戻そう。さっき、お願いがあるとか言ったな。まず、それを聞かせてもらうとするか」

「それでは、お話し申しあげます。じつは、わたくしはこの地方の、城主の姫でございました……」

と、鳥は身の上を物語りはじめた。それによると、彼女はあまりに美しすぎた。十七歳の時、それをねたんだ姉が、ひそかに妖術師にたのみ、彼女を鳥に変えてしまったというのだった。

「なるほど、外国の童話にでもありそうな話だな」

なおよく聞けば、三百年も昔のこととか。そして、妖術師の呪《のろ》いの期限、三百年がやっと終ったというわけだった。

「そうでしたか。それなら、人間の姿に戻られたらいかがです」

「それが簡単には……」

と、鳥に変身した姫は説明を補足した。その術をとき、もとの十七歳の姿に戻るには、香木とか水晶の粉などを必要とする。どなたかの手助けがいる。

エル氏はうなずきながら聞いていたが、最後に首を振らなければならなかった。

「お気の毒ですが、お役に立てそうにありません。もちろん、できれば、なんとかしてさしあげたいのですが、そのような材料を買いそろえる資金が、わたしにはないのです」

「いえ、その点については、ご迷惑をおかけいたしませぬ……」

その費用相当の、小判の埋めてある場所を知っているから、案内するというのだった。

「なるほど、それなら、わたしでもできそうです。しかし、とくにわたしにおたのみにならなくても、よさそうに思えますが」

「そうはおっしゃいますが、小判をお渡しした、わたくしはそのまま、では困ってしまいます。けれども、あなたさまなら、そのようなことは……」

と信用され、エル氏も悪い気はしなかった。彼は承知した。

「よろしい、ひとはだぬいであげましょう。しかし、まったくの無報酬というのも、どうかと思いますが」

「どのようなことで、お礼をいたしたら、よろしいのでございましょうか」

美しい声で問い返され、エル氏はすぐに答えてしまった。考えるひまもなく、頭に浮かんでしまったのだ。彼はまだ独身であり、季節がたまたま春であった。

「いかがでしょう。人間に戻ったら、わたしと結婚していただけませんか。この条件を受けて下されば、喜んでお力になりましょう」

彼は自分の思いつきに、あらためて感心した。現代の女性には、しとやかさがまるでない。こすっからく、理屈っぽく、そうぞうしいばかりだ。それにくらべ、古風で美しく、おっとりした若い姫だ。せまくるしい都会と、この早春の山ほどのちがいがある。

すると、鳥は答えた。

「わたくしごときものでよろしければ、一生おつかえ申しあげますわ」

エル氏はぞくぞくした。いまどき、このような言葉で承諾をのべる女性など、映画やテレビの時代劇以外には、見つけることはできないだろう。

かくしてエル氏と鳥とは、人間に戻す作業と、結婚とをかたく約束しあった。

鳥は舞うように飛び立ち、彼を案内した。それについて行くと、こけむした石垣のあとがあった。枯枝を拾ってきて、鳥の示す場所を掘ってみると、つぼがでてきて、なかには数枚の小判が秘められてあった。

エル氏は鳥を肩にとまらせ、小判をポケットにし、都会のわが家へと帰りついた。

小判を処分し、鳥はペットとして売り払えば、丸もうけになるのはわかっていたが、彼はそれほど悪質な男ではなかった。

だが、底抜けのお人よしでもなかったので、とりあえず、いちおうの試験をしてみることにした。友人の医者にたのみ、自白剤という薬を少量もらってきて、鳥のえさにまぜてみたのだ。

そして、質問をくりかえしてみた。相手がうそをついているのなら、こっちも、それに従うことはないだろう。だが、鳥の答は変らなかった。自分は家柄のいい城主の、美しい姫であり、呪いによって鳥にされた。術がとければ、十七歳の姿に戻れる。なるほど、育ちがいいだけに、うそはつかなかったとみえる。エル氏は、自分が疑ったことを少し恥じた。

ついでのことに、結婚の意志をたしかめてみた。姫に戻したはいいが、べつな男といっしょになられてもこまる。だが、その点もまた、安心してよいことを知った。

エル氏は本格的に奔走し、小判を貴金属店で売り、鳥の指示する材料を買い集めること

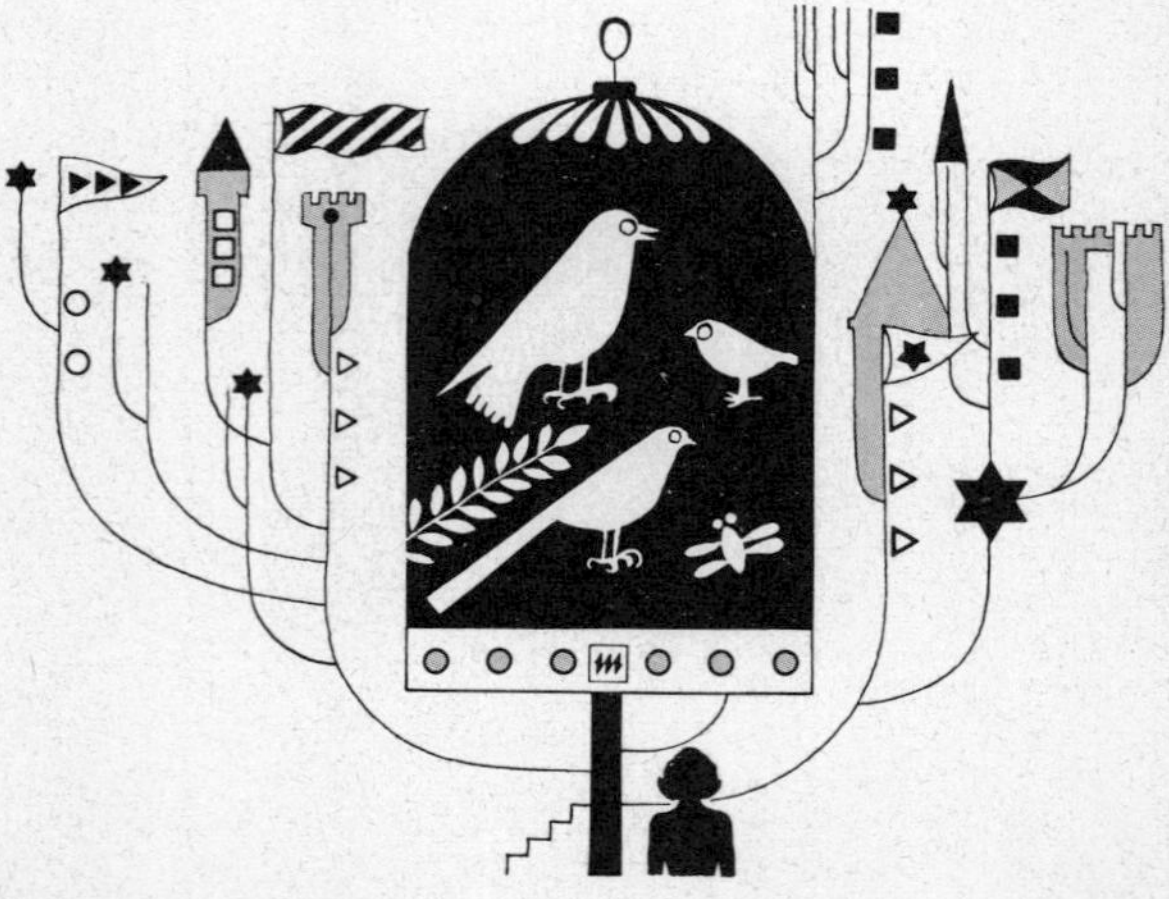

に熱中した。すべてがそろってから調べてみると、いくらかは金もあまった。だが、そんなことはどうでもよかった。美しい姫を自分のものにできれば、それだけで充分ではないか。いまの世では、札びらを切ったからといって、必ずしも理想的な女性を得られるとは限らないのだ。

彼は吉日をえらび、作業にとりかかった。絹の白い布を敷き、水晶の粉をまいた。部屋を密閉し、清浄な火をともし、複雑に調合した香をたき、骨董屋《こっとうや》でやっと手に入れた笛を吹いた。あらかじめ教えられていた曲を吹きつづけると、やがて、立ちこめた煙のなかから声がした。

「やっと、人間に戻れました。ご恩は一生のあいだ忘れませぬ。あなたさまに、お仕えさせていただきます」

鳥の時と変らぬ、澄んだ、しとやかな声だったが、押えきれぬ感激にふるえていた。それを聞いて、エル氏も叫んだ。

「成功でしたか。それはよかった。わたしの約束は、はたしましたよ。こんどは、あなたが約束を守る番です。逃げないで下さいよ」

そして、立ちあがって窓をあけ、煙を追い払った。いままでの鳥の姿ではなく、そこに姫がいた。

いささか古めかしいが、美しい五色の着物を着て、若々しい姫が礼儀正しく頭をさげている。

「ありがとうございました。わたくしも、名のある城主の姫でございます。お約束をたがえるようなことは……」

エル氏はほっとし、いくらかくすぐったい感じにもなった。

「まあ、そう固くるしいことをおっしゃらなくても、けっこうですよ。さあ、こちらにいらっしゃい」

「では……」

と、姫は顔をあげた。それを見たエル氏は、顔をしかめた。どうも、前宣伝ほど美しくなかったのだ。これくらいの女なら、そのへんにいくらでもいる。

どういうわけだろう。エル氏は首をかしげた。鳥に対しては、自白剤がきかないのだろうか。昔といまとでは、美人の標準がちがっていたのだろうか。それとも、術をとくための材料の質が悪かったのだろうか。

彼はそのなぞを解明したいと思ったが、それどころではなかった。姫がつきまとって離れないのだ。いかに意地悪をしようが、荒い言葉でどなろうが、おこりもしなければ、出ても行かない。

そこが古い道徳の困った点だ。これときめた男に、女は従う義務があると思いこんでいる。そのうえ、術をといてもらった恩義を感じているから、その度はさらに強い。エル氏はこの深なさけに、ほとほと手を焼いた。

しかし、そこは現代。文明の進歩は、かつて存在しなかったような便利なものを、もたらしてくれている。

エル氏はあまった金をつけ、姫を精神病院に送りこんだのだ。姫の主張をたんねんに検討した医師が、

「春になると多くなりますな」

と答え、収容してくれたことはいうまでもない。

教訓。女はだれでも、自分を美しいと信じているものである。また、男の結婚約束は、政治家の公約のごとし。

輸送中

それは突然、しかも静かに出現した。理由や予告めいたものさえ、なかった。ある休日の午後、エフ氏はぼんやりと庭を眺めていた。本でも読むかと、一冊を持って戻ってきた時、それは目の前に出現していた。

銀色をした楕円《だえん》形の物体が、庭の中央にある。大きさは道路を走るバスに匹敵した。超特大のタマゴといった感じだった。

エフ氏は、あたりを見まわした。だれかが投げこんだのかと、考えたのだ。しかし、それにしては大きすぎる。何人集っても、とても塀《へい》ごしにほうりこめるはずがない。地中からわき出たようにも思えた。だが、まわりの芝生は少しも乱れていないし、その物体は泥まみれではなかった。

あるいは、人工衛星の一種かもしれない。空中から落下してきたのだろう。エフ氏はついに、こう判断した。しかし、それだったら、地ひびきぐらい立てたっていいはずだ。彼は近より、おそるおそる指で触れてみた。幻覚のたぐいかと考えたのだ。しかし、それは実在のものだった。

耳を押しつけてみると、なかでかすかな音がしていた。機械的な音だ。また、人の声らしいものも聞こえた。彼の好奇心は高まる一方だったが、手のつけようがない。どこに出入口があるのやら、見当がつかない。まわりを歩きまわるだけだった。

しかし、まもなく、その期待ははたされた。一部分に四角な穴があき、ひとりの人物が出てきたのだ。やはり銀色に輝く服を、スマートに身につけた男だった。そしてエフ氏におかまいなく、物体を軽くたたいたり、なでたりしはじめた。点検をしているらしかった。

ひとの庭に不意に変なものを持ちこみ、そのうえ主人を無視した行動をするとは、失礼きわまる話だったが、エフ氏は怒らなかった。好奇心のほうが、はるかに強かったのだ。彼は思わず口にした。

「なんです、これは」

だが、相手はそしらぬ顔で、点検めいた作業をつづけた。なにか、よほど重要なものらしい。秘密兵器かもしれない。へたに関心を示し質問をして、あとで罰せられでもしたら割にあわないぞ。しかし、それにしてもなんだろう……。

エフ氏は頭のなかで、熱心に考えた。すると、頭のなかに答があらわれてきた。

「うるさいな。なんでもいいだろう」

エフ氏は驚いたが、そのうち、ははあ、以前なにかで読んだ、言葉を使わずに意志を伝える方法、テレパシーというのはこれだな、とうなずいた。そこで、もう一度質問を念じてみた。

「なんなのです、これは」

すると頭のなかに、またも返事が伝わってきた。

「話し相手になって、ぐずぐずしている場合ではない。早く帰らなければ、ならないのだ。しかし、答えなければ質問をやめないだろうから、教えてやる。これはタイムマシンだ」

エフ氏は、あっけにとられ、あらためて感心した。それなら、突然の出現もなっとくできる。彼は頭のなかでつぶやいた。

「そうだったのか。しかし、こんなものが完成するようになったとは、科学の力もたいしたものだな」

「なにをいう。あなたがたの時代の文明では、これが作れるはずがない」

こう告げられ、エフ氏はまたうなずいた。タイムマシンなら、時間を自由に移動できる。現代の産物でなくてもいいわけだ。彼は四角な入口から、なかをのぞきこんだ。どうせ構造を理解することはできないだろうが、なにを積んでいるのかを知りたかったのだ。

そして、エフ氏は激しくまばたきをした。数人の裸の男が乗っている。もっとも、完全な裸ではなく、ぼろぼろの毛皮のようなものを身にまとっている。そとにいる銀衣の男とは、なんというちがいだろう。

しかもよく見ると、裸の男たちは手錠のごときものをはめられ、悲しみと恐怖にあふれた表情をしていた。未開の奥地で発見され、自動車に押しこめられた原始人といった感じだった。

エフ氏は、入口をはなれ、銀衣の男のそばに寄り、質問した。詰問といったほうがよかった。

「なんです、なかの人たちは」

「ああ、輸送中なんだ。その途中で故障し、いま修理中というわけだ」

「輸送ですって。まるで、品物扱いだ」

「いや、正確にいえば品物ではない。どれいだ」

「どれいだと……」

エフ氏はかっとなった。なんという、ひどいことを。いくら科学の進んだ未来人とはいえ、原始人をはこんで、どれいとしてこき使うとは。あまりにもひどい。彼は文句をつづけた。

「あなたは、自分のやっていることの意味が、わかっているんですか」

「ああ、わかっているとも。だからこそ、こうやって運んでいるんだ」

相手はあまり悪びれもせず、見なれない器具で修理を急いでいた。エフ氏はさらに興奮した。

「それは、なかの連中は野蛮かもしれない。だが、それを連れ去るのは人道的でない。いったい、あなたには血も涙もないのか……。あ、さてはロボットなのだな、そうだろう」

「いや、ロボットなんかではない。ロボットがあるなら、なにも、どれいを輸送する必要はないだろう」

しかしエフ氏は、いずれにせよ阻止すべき事態であると判断した。

「タイムマシンを変に動かすと、とんでもない結果になるのを知っていますか。過去を変え

ると、未来に影響が及ぶ。あの原始人のなかには、あなたの祖先がいるかもしれないではありませんか」

「こんなところで説教されるとは、思わなかったな……」

銀衣の男はエフ氏をふりむき、にやにや笑った。エフ氏はたじたじとなり、顔を赤くした。相手にとっては、自動車をいままでに見たことも、まして乗ったこともないやつから、交通規則の指示をされるようなものだろう。

相手は、現にタイムマシンを所有しているのだ。パラドックスに関しては、よく承知していることだろう。

原始人を運ぶからには、調べた上で未来と関連のない人間を選びだすとか……。しかし、だからといって、文句をおさめる気にはならなかった。

「どうしても、感心した行為とは思えません。

自分さえよければ、ほかの時代のものは、どうなってもいいというのですか」

「まあ、見のがしてくれ。やれやれ、やっかいな時代で故障したものだ。この時代では、自分さえよければ……という考え方を、だれも持っていないのか」

エフ氏は、またも赤くなった。

「そういうわけでは、ありませんが……」

「なにしろ、どれいが必要なのだ。なんだったら、なかの連中をもとに帰し、この時代でどれいを狩り集めてもいい」

「とんでもない、それは困ります。どんな事情があるのか知らないが、どれいの輸送には、絶対に賛成できません」

「特別な事情がある。背に腹はかえられない、非常の場合なのだ」

「というと」

エフ氏は身を乗り出し、銀衣の相手は答えた。

「人類文明の危機が迫っている。統計をとり、調査し、あらゆる検討を試みた結果、この地球で、このまま生活をつづけるべきではないとわかった。人類は、徐々に堕落の道をたどることになる。だから、せっかく文明を築いたものの、もっと環境のいい他の星へ、大挙して移住しなければならないのだ」

「そうでしたか……」

エフ氏は顔をしかめた。その統計とやらには、この時代のことも含まれているのだろう。

いままで立派そうな口をきいていたのが、恥ずかしくなった。

「そう、そのために、人員が必要なのだ。大量の宇宙船を作らなければならない。あまり悠《ゆう》長《ちょう》なことは、していられないのだ」

「そんなわけが、あったのですか。大問題ですね。考えてみれば、わたしだって人類が堕落し滅亡してしまうことは、のぞみません。ほかの星でもかまわないから、永遠に栄えつづけてほしいと思います。そのためにどれいを使うのなら、使われる原始人たちも、あきらめてくれるでしょう」

「立場をわかってもらえて、ありがたい」

「しかし、全員が移住するとなると、さぞ大事業でしょう」

「もちろんだ、だが、全員といっても、手のつけようのない人間は残して行く。そんなのを連れていくより、文明の成果をすべて持って行くほうが重要だからな」

「人道的には気の毒なことですが、非常の場合ですから、それも仕方ないことでしょう」

「わかってもらえて、ありがたい」

銀衣の男は修理をおえたらしく、入口へと戻ってきた。エフ氏は別れの言葉をのべた。

「成功を祈ります。時間旅行をお元気で……。あとどれくらいの時間を、移動なさるのかは知りませんが」

「あと十万年ほどだ」

「十万年とは、わたしたちにとって、夢のような未来だ……」

いささか呆然《ぼうぜん》となったエフ氏に手を振りながら、銀色の服の男はタイムマシンのなかに入った。そして、最後のあいさつを伝えてきた。

「さようなら。しかし、どうも気になる点があるな。あなたは一つ誤解しているようだ。くどくど質問されるとうるさいので黙っていたが、わたしは未来人ではない。未来でどれいを集め、過去に帰る途中……」

四角なドアは閉じてしまった。エフ氏は飛びかかろうとしたが、そのまえに楕円形をした銀色のタイムマシンは、たちまちのうちに消えてしまった。

幸運への作戦

そう大きくはない建物だった。身なりのいいスタイルのいい青年が、その前で足をとめた。彼は看板の字を眺めて、つぶやいた。

「ここらしいぞ。だが、開発という文句は、感心しないな。このごろはなにかというと、開発とくっつけたがる……」

看板には、幸運開発計画研究所とあった。

「……しかし、ここで引き返すこともない。ようすをみて、なっとくできない場合に帰ればいいのだ」

扉をあけてなかに入ったとたん、青年は自分の耳を、つづいて目を疑った。

無数のネコの鳴き声で、みちている。よく見ると、ちょうど倉庫に積みあげられた箱といった形で、たくさんの小さな檻《おり》があり、ネコが一匹ずつ入れられていた。進むには、いささか薄気味が悪い。といって、逃げ出すほどの恐怖でもない。

青年が立ちどまったままでいると、檻のかげから中年の男があらわれ、にこやかにあいさつをした。

「いらっしゃいませ。わたしが、ここの所長でございます。ま、さあどうぞ、そこの椅子へ……」

ねこなで声という形容が、ぴったりする。こう多くのネコにかこまれていると、同化されてしまうのだろうか。だが青年は、決して理性を失わないぞ、といった態度で切り出した。

「ぼくは、ひやかしの客ではありません。しかし、いちおう説明してください。取引きはそれからです」

「よろしゅうございます」

「どういうわけです、このネコの大群は……」

と、青年はさっきからの疑問を口にした。所長は身をくねらせながら頭をさげて、

「すべて、わたしどもの商品でございます」

「商品ですって。幸運についての秘訣《ひけつ》を、伝授してもらえるといううわさでしたが……。これでは、まるで動物店だ」

「いいえ、看板どおりの営業でございます。しかし、人間は長いあいだ理屈をこねるのに熱中しすぎ、幸運をすなおに知覚する能力を失ってしまいました。ですから、人間そのものをどういじくってみても、幸運をまねきよせることなど、とても……」

「それでネコの利用を考えついたのですね。なるほど、まねきネコとは、ひとつのアイデアだな……」

青年はうなずき、あらためて見まわした。ネコたちはしきりに前足をあげ、意味ありげなようすをしている。所長は説明をつづけた。

「一種の神秘的な力が、ネコにそなわっていることを、ごぞんじでしょう。難破する船、火事になる家。ネコはそれを事前に察知し、逃げ出します」

「ええ。そんな現象を、本で読んだことはありますが……」

青年は感心しかけたが、それを途中でやめた。そう簡単に信じてはいけない。なっとくのゆくまで聞きだすのだ。所長は目を細めながらいった。

「なにか、ご不審な点でも……」

「ネコのその能力を、どうやって開発なさったのですか」

「ごもっともな、ご質問です。わたしは、子供のころからネコに興味を持ち、多くのネコについて調査し、統計をとってきました。しかし、楽なことではありませんよ。まず、ネコに警戒心を抱かせない修業。その苦心といったら……」

脱線しかかった話を、青年はもとに戻した。

「さぞ大変だったでしょう。で、それから……」

「ネコを三種に分類できることが、わかりました。なんにもできないネコ、悪運を呼ぶネコ、幸運をまねくネコです。いちばん数が少ないのは悪運のネコです。怪談にはよく登場しますが、そう心配するほどの数ではありません。だんぜん多いのが、なんにもできないネコです。のんびりと飼われていると、そうなってしまうのです。人間だって同じことでしょう。怠惰な生活は……」

「お説は、ごもっともです。で、それで……」

「わたしは幸運をまねくネコを集め、育成したわけです。数をふやしたばかりでなく、専門別に育てました」

「とおっしゃると……」

「固有の能力を、さらに高めたのです。幸運といっても、種類はたくさんあります。競馬場に子供のお客をまねきよせるのは、あまり感心しません」

「だいたいわかりました。だが、たしかなんでしょうね」

と、青年は理解したものの、まだ決心しかねていた。所長は青年の肩を軽くたたいて、

「ご信用ください。商店などで、なぜだかわからないけど、お客の集る店があります。また、わけのわからない当選の仕方をした代議士だっております。みな、ここのネコをお買いあげになったかたばかりです」

「しかし、この目で証拠を見たいものです」

「あなたさま自身が、証拠です。ここは特に宣伝をしておりませんが、お客さまのほうから、お金をご用意になって、おでかけくださいます」

青年は警戒心を取りもどし、緊張した手つきで内ポケットを上から押えた。

「たしかに、金は持ってきた。……そうだったのか。そのまねきネコの魔力とやらで、うまく巻きあげられては、かなわない。帰るとしよう」

青年のそばに、所長がすり寄ってきて、ささやくようにいった。

「まあまあ、落ち着いてください。あなたさまはいま、ネコの力をお認めなさったでしょう。

決して、いいかげんではありません。効果がないものでしたら、文句をねじこまれ、とうにつぶれているはずです」

「それもそうだな」

青年はしばらく考えてから、うなずいた。そこで、所長はつぎの問題に移った。

「ところで、どんな種類の幸運がお望みで……」

「こうなったら、打ち明けた話をしよう。ぼくは独身です。結婚をしようと思うのですが、できうれば財産のある女性としたい。用意してきた金も、じつはその投資の意味で……。あまり感心しない心がけかな」

青年は、いくらか気のとがめるような口調だった。だが、所長は手のひらを振って、

「いえいえ、わたしどもでは、お客さま本位です。それに、そのようなお考えは最近の流行でしょう。したがって、ここでもその種のネコを、大量にそろえています」

「それはありがたい。ぜひお願いする」

青年は、うれしそうだった。所長は檻のひとつに近づき、一匹のネコを出してきた。

「その目的にぴったりのネコが、これでございます。しかし、いかがでしょう。少しお高くなりますが、財産があるうえに頭のいい女性、さらにお高くなりますが、財産があって頭がよく、しかも美しい女性をまねきよせるネコもございますが……」

だが、青年が用意してきた金では足りなかった。彼は、所長が持ってきたネコで、がまんすることにした。青年は金を渡し、そのネコをかかえて家に帰った。

青年は、ネコとともに家で待ちかまえた。はたして効果があるものだろうか。だが、彼はこの疑問による不安に悩まなくてすんだ。なぜなら、まもなくひとりの女性が訪れてきたのだ。

とくに美人ではなかったが、それは仕方がなかった。青年は、ネコの能力はまねきよせるまでで、くどくのは自分でしなければいけないのかな、とも考えた。しかし、その心配もしなくてすんだ。相手の女性のほうが、彼に対して積極的だったのだ。しめしめ、なにもかも順調のようだ。

そのごの経過は、普通の恋愛小説を、ぐっと圧縮した状態だった。すなわち、ふたりはあっというまに結婚してしまったのだ。

結婚はしたものの、青年にとってふしぎでならない点が一つあった。彼女には財産らしいものが、まったくなかった。いや、正確にいえば全然ではなかった。彼女の財産は、一匹の犬だけだったのだ。

「なんで、われわれは結婚してしまったのだろう……」

彼のつぶやきを聞き、彼女は答えた。

「もう説明してあげてもいいわ。犬のおかげよ」

「犬だって……」

「じつはね、あたし、スタイルのいい男性と結婚したかったの。そこで、お金をためて犬を買ったわけなのよ」

「いったい、なんの犬だ」

「猟犬などの持っている、神秘的な能力をごぞんじでしょ。獲物の所在をかぎわけ、知らせてくれるという……。その能力を特別に育成し、幸運の所在を的確に教えてくれるようにした犬なのよ。あたしの買ったのは、スタイルのいい男性をみつけてくれる犬。けっこう高かったけど、役に立つわ」

「へんな犬を扱う店もあるものだな。どこで買った」

「幸運占領計画研究所とかいうところよ」

「ああ、そんな研究所があったのか……」

青年は、あきらめざるをえなかった。名前からして景気がいい。それに、いずれにしろ、ネコの神通力とやらも、相手が犬では歯がたたないにきまっている。

友だち

ここは街なかにあるビルの一室。防音の設備がしてあって、なかは割合に静かだった。ひとり机にむかっていた年配の精神分析医は、ドアのノックの音を聞き、それに答えた。

「どうぞ、おはいり下さい」

そして、読みかけの文献を片づけながら、来客を迎えた。はいってきて頭をさげたのは、三十すぎと見える男。服装はきちんとしていて、礼儀も正しかったが、思いつめたような表情を浮かべていた。医者は椅子をすすめ、声をかけた。

「どんな、ご相談でしょう」

「じつは、こちらの看板を見てお寄りしたわけですが……」

と、男は言い出しにくそうだった。だが、最初はどの患者もそうなので、医者は物なれた口調で住所、名前、年齢などを聞き、いつものように話をすすめた。

「なにかで、お悩みなのですね」

「ええ……」

「ご遠慮なく打ちあけて下さい。いままでになにか、ご病気をなさったことは……」

医者は鉛筆とメモを手に、相手の答を待った。男はちょっととまどい、まばたきをしながら言った。

「いや、問題なのは、わたしに関することではないのです」

「これは失礼しました。とすると、奥さまのことでしょうか」

「妻も同じことで悩んではいますが、夫婦関係のことではありません。じつは、うちの子供、五つになる女の子のことなのです」

「そうでしたか。で、お子さんが、どうかなさったのですか」

「ええ、それが……」

男はまた口ごもり、医者はうながした。

「お話しになってみて下さい。医者としての立場上、お聞きしたことを口外はしません。その点はご心配なく」

「でも、信じていただけるかどうか。あまりにも、ばかげたことです」

「そんなことを、気になさらないように。ばかげているかどうかは、お話をうかがった上できめることです。また、ばかげていたとしても、その対策の指示をお教えするのが、わたしの仕事です。ひっこみ思案では、解決は得られませんよ。お子さんが、どうなさったのですか」

「それが、遊び友だちが……」

「なるほど、悪い友だちができ、その影響を受けたのですね」

「よいのか悪いのかは、なんとも言えません。なにしろ、妖精なのですから」

と男は少し身を乗り出したが、医者は落ち着いて言った。

「それはそれは。しかし、幼いうちは空想力が強いものですし、さわぐほどのことはないと思います。人形だって草花だって、子供にとっては、みな自分と同等な遊び相手ですよ」

「ええ、それぐらいは、わたしも知っています。しかし、これはべつです。実在の妖精です。そうでなかったら、ああはなりません」

「あなたまでが、信じているようですね」

と医者に指摘され、男は手を振った。

「いや、わたしは信じません。しかし、子供が妖精と遊んでいることは、どうも信ぜざるを得ないようなのです。どうせ、想像で作りあげたのでしょうが」

「そのへんの事情を、もう少しくわしく順序をたてて、お話し願いましょう」

「このところ、子供が自分の部屋でおとなしくしているのに、妻が気がついて聞いてみたのがはじまりです。なにをしていたの、とね。すると、妖精と遊んでいたのよ、と答えたのです。もちろん、妻もわたしもすぐに言いきかせました。そんなものは、いないんだと」

「いままでに、そんなことがありましたか」

「ありません。聞きわけのいい、奇妙な空想をすることもない子供でした。いや、いまでもそうです。しかし、妖精に関する限り、決してなっとくせず、存在を主張しつづけるのです。そこで妻と相談し、先生をお訪ねしたわけです」

「なるほど。で、どんな妖精なのです」

「子供があまり主張するので、ここへ連れてこい、と言ってみました。だが、子供ひとりの時でないと、出現しないそうです。これでは話になりません。子供の話によると、小さくて、すきとおるような翼をそなえ、長い杖《つえ》を手にしているそうです。……どうしたものでしょう。妖精が実在するはずはありませんから、あの子の頭がおかしくなったのでは……」

男はいくらか興奮したが、医者は冷静に話をつづけた。

「その結論を、急いではいけません。頭ごなしに子供を押えつけず、論理的に言いきかせるべきですよ。たとえば、どこからやってきたのかと質問して……」

「それは聞いてみました。ある日、本を開いたら、ページのあいだから現れたそうです。そして、またそこに帰っていくそうです。その本を持ってこさせ、調べてみました。しかし、紙きれ一枚はさまっていず、妖精のさし絵ものっていません」

「そうでしたか。むずかしいかもしれませんが、現代は科学の時代であることを、わからせるように努めてみたら……」

「それも、やってみました。しかし、書物の起源はずっと昔で、そのころから存在している妖精なのだそうですよ。もっとも、この答は、子供が妖精とやらに聞いて得たものだそうです。使いなれない言葉もまざっていますし、第一、子供では思いつかない妙な理屈が通っています」

医者はうなずき、話題を少し変えた。

「お子さんは、その妖精となにをして遊ぶのですか」

「本をいっしょに読むだけのようです。妖精はその持っている長い杖で、字やさし絵をさし示してくれるそうです。子供の説明は変にリアルで、わたしたち両親をからかう芝居とは、とても思えません」

医者はまたうなずき、この質問を進めた。

「いままで、本をどのようにお与えになりましたか」

「ふつうの家庭と変りないと思います。絵のはいった本を買ってやり、字を教えながら読んでやっていましたが、いつまでもそれではいけないと考え、自分で読むようにと言いました。妖精の出現は、それからまもなくです」

「ははあ……。そうすると、妖精とはあなたがた両親のことかもしれませんね。本を読んでもらえなくなった。そこで空想によって、両親の代償物を作りあげた……。長い杖は、親を象徴しているようです」

「それも一応の理屈でしょうが、どうもすっきりしません。となりの部屋で、子供が話しかけている声も耳にしました。もっとも、妖精の返事は聞こえませんが……。どうしたらいいのでしょう。このまま妖精にとりつかれて成人するのかと思うと、気が気でありません。わたしの知りたいのは説明でなく、妖精を追い払う方法なのです。先生、なんとかお願いします」

男の声は大きくなった。しかし、医者は答えず、しばらく黙り、メモを鉛筆でたたきながら考えているようすだった。やがて医者は、部屋のすみにある長椅子を指さし、男に言った。

「ちょっと、あれに横になって下さいませんか。さらにくわしく調べてみたいのです」

「しかし、変なのはわたしでなく、子供なのですよ。……あ、まさか、いまお話ししたことが、ぜんぶわたしの妄想《もうそう》だとお思いですか」

男は、あわてた表情になった。

「そんなつもりではありません。ただ、子供は親の影響を受けやすいものですから、その関連を知りたいのです。少し時間はかかりますが、楽な気分で質問に答えて下さい」

男はそれに従い、からだを横たえながら言った。

「それで、どんなことをお聞きになるのです」

「あなたの幼かったころのことです」

「それは無理です。わたしはあまり追憶にひたる性質でもなく、とても思い出せそうにありません。霧にかすんだ森の奥をふりかえるようで、手のつけようがありません」

そこで医者は提案した。

「では、催眠術を使いましょうか」

「はじめての経験なので、ちょっと心配ですが、子供のためならば仕方ありません。お願いします」

男は協力的だったので、彼はすぐに催眠状態に入った。薬品の助けを借りるまでもなかった。医者は男を、幼時にさかのぼらせた。

「さあ、あなたは、だんだん若くなります。五歳になりました。ひとりで本を読んでいますね」

催眠状態の男は答えた。

「はい。本を読んでいます」

「妖精がそばにいますか」

「いません。もう……」

「もういうと、いたこともあるのですか」

「はい。しばらく前までは、いました」

「妖精はなにをし、どうしていなくなったのですか。それを話して下さい」

「本を、いっしょに読んでくれました。十日ほど、それがつづきました。それから、あとはひとりで読みなさい、さよならと言って、ページのあいだに戻り、二度と出てきませんでした」

医者は大きくうなずき、男を現在に戻し、手をたたいて催眠状態から目ざめさせた。男は目を開き、あたりを見まわしながら聞いた。

「終りましたか。どうでした。なにかわかりましたか」

だが、医者はいまのことには触れずに答えた。

「あまり収穫はありませんでした。しかし、お子さんの症状は、そう心配することもないと思います」

「そうおっしゃっても、存在するはずのない妖精を信じているのですよ」

不満げな男に、医者は反問した。

「しかし、そのことによって、なにか実害がおこっていますか」

「さあ……。考えてみれば、なにもないようです。だが、将来このままでは……」

「解決を急いではいけません。しばらく、ようすを見ましょう。一週間たってこのままでしたら、あらためて対策を考えます。それまでは、あまり逆らわないように」

「そうでしょうか……。しかし、先生のおっしゃることですから……」

男は、物足りなそうに帰っていった。

四日ほどたち、男はまた訪れてきた。医者はさりげなく聞いた。

「どうなりましたか」

「おかげさまかどうかはわかりませんが、妖精はいなくなったようです。子供の話では、ページのあいだに消えていったとか……」

「それはけっこうでした」

「しかし、気になってなりません。本当に妖精がいたのでしょうか」

「さあ、なんとも言えませんね」

と医者が答えたのを、男は聞きとがめた。

「というと、存在するかもしれないと……」

「妖精とは、おそらく人間の作りあげた妄想なのでしょう。しかし、人間というものに特有な、いい妄想ならば、追い払い消すこともないかもしれません」

「いい妄想とおっしゃると……」

「われわれは本を読み、そこから限りない知識と創造力を得ています。しかし、自分でその楽しさを味わう方法を、幼いころ、最初に手ほどきしてくれたのは、だれでしょう。考えてみたことはありませんか」

「考えたことはありませんが、そういわれてみると、親に読んでもらえなくなり、自分で読みはじめたころ、だれかがそばにいたような……」

「じつはわたしも、そんな気がするのです」

「しかし、まさか、それが本に宿っている妖精とは……。先生はそうおっしゃりたいのですか」

男は医者を見つめた。医者はつぶやくように言った。

「いや、だれにもわからないことでしょう」

豪華な生活

「まったく、せちがらい世の中になったものだ。少しも金の使いでがない」

不景気な声でエス氏はつぶやいた。いくらかもらったボーナスも、日ごろの借金を取立てられ、必要品を買ったら、全然なくなってしまった。いや、正確には紙幣一枚だけ残った。まとまった物を買おうにも、豪遊をしようにも、とてもたりない。いっそのこと宝くじでも……だが、さらに飛躍した案が浮かんだ。

近くにある神社のことを思い出したのだ。ご利益《りやく》があるという評判も、聞いている。彼はそこに出かけ、頭をさげて祈った。すると、どこからともなく声がした。

「よし。願いごとを、かなえてやるぞ」

あたりを見まわしたが、それらしき人影はない。さては、いまのは神さまのお告げだったのかな。そういえば重々しい声だった。エス氏は思わず、さいせん箱に紙幣一枚を投げ込んでしまった。そして、おそるおそる、

「よろしく、お願いいたします。なにとぞ、豪華な生活を味わえるようにして下さい。だが、こうすぐに祈りが通じるとは……」

「このごろは不信心の者が多くなった。さいせんのあがりも悪い。だから、時には神さまの

実力を、示しておかなければならないのだ」

「それは、わたしも運がいい。さいせんはお納めしました。しかし、たしかでしょうね」

「疑ってはいけない。神さまの言葉に、うそはない。安心して待っていなさい」

エス氏は踊るような足どりでアパートに帰った。ひとり、寒ざむとした部屋に寝そべって、

「ありがたいことだ。だが、はたして願いがかなうのだろうか。そうだ、いつまで待てばいいのか、聞いておけばよかった。うそはないといっても、何十年もさきでは……」

その時、来客のけはいがした。ドアをあけてみると、見知らぬ男が立っている。

「どなたですか。ご用は……」

「配達品です」

覚えがないので首をかしげていると、品物がつぎつぎと室内に運びこまれてきた。ジュウタン、応接セット、大理石の置物、額縁つきの絵……。高価そうな洋酒まで、まざっている。男が帰っていったあとで、エス氏はそっと手でさわってみた。幻覚ではないかと心配したのだ。だが、いずれも本物で、しかも新品だった。

いったい、送り主はだれなのだろう。考えられるのは、ただひとり。さっきの神さま以外にはない。神さまの実力に、彼はあらためて感心した。

それらの品物を並べ終えると、いままでの殺風景だった空気が一変し、豪華きわまるものになった。彼はソファに腰をかけ、心ゆくまでそれを味わった。しかし、なにか物たりない感じもした。エス氏はまだ独身であり、その不足品がなにかは、自分でもすぐに気がついた。

「文句をいえた義理ではないが、どうせ願いをかなえていただけるのなら、完全な形にしてもらいたいものだな……」

こうつぶやいた時、またノックの音がした。彼はドアをあけ、目を丸くした。若く美しい女性が、にこやかに笑って立っている。

「さあさあ、お待ちしていましたよ。どうぞ、えんりょなくおはいり下さい」

エス氏は、興奮した口調で迎えた。またしても、夢のような出来事だ。彼女にさわってみたかったが、それはまだ早すぎるし、なにも急ぐことはないのだ。そのかわり、自分をつねってみた。たしかに痛い。現実のようだ。椅子にかけ、もじもじしている彼女に対し、なにから話しかけたものか、わからなかった。

「そう恥ずかしがることは、ありませんよ。で、なにかお仕事をなさっておいでですか」

「ええ、デパートにつとめておりますの……」

彼女は、一流デパートの名を口にした。店員のしつけのいいので有名な店だ。結婚相手として、申しぶんないな。エス氏は満足だった。

「そうでしたか。まあ、気楽にして下さい。なんのために、いらっしゃったのかは、よくわかっているのですから……」

とうながされて、彼女はほっとした表情になった。

「それでしたら、お話ししやすくなりましたわ。じつは、あたくし、歳末のあまりの忙しさで、つい伝票の書きまちがいをしてしまいましたの。そのため、よそへ配達すべき品物を、こちらへお届けしてしまって……」

「なんですって」

エス氏が呆然としていると、ドアからはいってきた配達の係が、品物をつぎつぎに運び出し、彼女とともに帰っていった。すべてはまた、もとの哀れな状態にもどってしまった。彼は外出し、神社に出かけて不満をのべた。

「これではひどすぎますよ、神さま」

「ぜいたくを言ってはいかん。あれが紙幣一枚分だ。もっと味わいたいのなら、もっと費用を出さねばならぬ」

おごそかな声を聞かされ、エス氏はぶつぶつ言った。

「まったく、せちがらい世の中になったものだ。少しも金の使いでがない」

宇宙の関所

その検問衛星は優秀な人員を乗せて、地球の周囲をめぐりつづけていた。非常に大型であり、暗黒のなかで冷たい銀色に輝き、威圧感を発散していた。内部には各種の設備がととのっていて、重要きわまる機能をはたしていた。宇宙検問所という任務を。

これは人類の宇宙進出にともない、当然うまれるべくして、うまれたもの。すなわち危険物、あるいは、なんらかの意味で有害なものの通過を阻止するためだ。なぞにみちた宇宙から、清潔な地球をまもらなければならないのだ。

たとえば、治療法の不明な病原菌などが地球へ持ちこまれたら、恐るべきことになる。また、どこかの惑星で採集した、特異な植物を運び込まれても困る。もし、土壌中の微量な金を根から吸収して集め、果実としてみのらせる植物、つまり、黄金のなる木のたぐいが密輸入されたとしたら、危害はないというものの、世界経済が大混乱におちいってしまう。

他の惑星から持ち帰った物品はすべて、この検問所において徹底的に再検討がなされる。その安全が確認されたうえでないと、地球への着陸は許されないのだ。

そのため、宇宙検問所の所長は、絶大な権限を与えられている。幸いなことに、まだたいした事件はおこっていないが、だからといって、緊張をゆるめるわけにはいかない。

所長室では、あらゆる情勢がすぐにわかるようになっていた。レーダー網はすきまなく張りめぐらされ、地球へ接近しようとするものの動きをとらえる。さらに、検問所に属する小型宇宙艇が絶えず警戒をつづけ、無許可のレーダー網突破に目を光らせていた。

鋭い表情をした所長は、部屋の壁にあらわれたランプの変化を見て、無電で指令を発した。

「パトロール一〇三号。応答せよ」

ただちに返事が戻ってきた。

「はい、所長。こちら、パトロール一〇三号です」

「レーダーが、なにかをとらえた。その近くの位置だ。隕石《いんせき》かもしれないが、万一ということもある。正体を確認して、報告してくれ」

やがて、その報告がもたらされた。

「隕石ではありませんでした。太陽系外から帰ってきた、探検隊の宇宙船です」

「よし。では、検問所に寄るように通達しろ。もし、従わないようなら、即座に攻撃して爆破してしまえ」

所長の権限は強大だった。

「はい。わかりました」

しかし、その宇宙船は指示どおりに停止し、パトロール艇に先導され、空間に浮かぶ検問所へと連行されてきた。

まず、宇宙船内を完全に消毒したあと、所長はその乗員たちを迎えた。

「長い探検の旅、ごくろうさまでした。これも職務ですので、どうかあしからず」

探検隊の隊長は、おだやかに応じた。

「ええ、その点はよくわかります。方針には喜んで協力いたしましょう」

「ところで、どうでしたか、探検の成果は」

「まあまあ、といったところでしょう。いままで未知であった、いくつかの惑星の調査をしてきました。なかに一つ、文明を持つ住民のいる惑星がありました。その文明が地球と比較して、高いのか低いのかは、まだ見当がつきません。早く地球へ戻って、資料をよく検討したいと思っています。……では、消毒も済んだようですし、地球へ出発してもよろしいでしょうか」

検問所長は、あわててとめた。

「まあ、待って下さい。細菌以外にも、なにか危険なものは。それがこの警戒網を突破したら、一大事であるばかりでなく、わたしの責任となります。そのためにこそ、念には念を入れて調べる権限が、わたしにまかされてあるのです」

「ごもっともです。どうぞ、充分に……」

検問所の所員たちは、あらゆる角度から調べ、鉱石の一片にいたるまで、徹底的に研究した。植物の種子もあったが、それは地球の大気中では成長できない種類とわかり、大さわぎをひきおこすものとは考えられなかった。

すべての面における、厳重な点検が終り、安全性は確認された。探検隊長が申し出てきた。

「これでよろしいわけでしょう」

「いや、もう少しお待ち下さい」

慎重きわまる検問所長は、それをさえぎった。書類の上では疑問の余地はなかったが、どうも気になることが感じられたのだ。それは探検隊員たちの目つき。なにかに憑《つ》かれたような光をおびている。

長い旅行のための、宇宙疲れとでもいったものだろうか。または、自分の気のせいなのだろうか。それとも……。

それとも……と、所長は考えた。人間の体内にもぐり込み、精神を支配する能力を持った生物が、広い宇宙のどこかにいないとは限らない。この隊員たちが、それにとりつかれている場合もありうる。そんなのに地球に潜入されたら、大問題だ。しらべておくに越したことはない。

所長は医療班に命じ、精密な健康診断と治療とを実施させた。所長は毎日その病室を見舞い、経過に注意した。だが、探検隊員たちの症状、異常なる目つきは、やがてまったく消えた。もはや、あらゆる点で完全となった。所長は書類にサインをし、通過の許可を与えた。探検隊の宇宙船は、なつかしの地球へとむかっていった。

かくのごとく、宇宙検問所の仕事は、休むひまもない、神経の緊張の連続なのである。

パトロール艇からの無電による連絡が、所長室に対して指令を求めてきた。

「所長。地球を出発した宇宙船が、通過を求めています。許可を与えましょうか」

地球周辺における情報は、どんなことも、いちおう所長室へ報告される。所長はそれに答えて、

「待て。ここに立ち寄り、検査を受けるように伝えろ」

「はい。わかりました」

しかし、しばらくすると、パトロール艇はまた、指令をあおいできた。

「相手に伝えましたが、そんな規則はない、検査は地球へ帰る場合だけのはずだ、と答えています」

所長は語気を強めた。

「命令だと伝えろ。すべての権限を任されている、検問所長の命令だ。逆らうなら攻撃すると言え」

「はい」

まもなく、パトロール艇につきそわれ、その宇宙船は検問所へ寄港した。その隊長は不満そうなようすだった。

「どういうわけです。出発の途中で停止を要求されるとは。わたしたちは、白鳥座方面への探検隊です。すでに、その連絡はここに届いているはずですが」

「それは知っています。しかし、所長として、必要と思われることなら、なんでも行う権限を持っています。それに反抗なさるのですか」

「いや、そんなつもりは、ありません。しかし、早くすませていただきたいものです」

所長は宇宙船内の消毒を命じ、また、装備の品々のリストを提出させた。隊長はそれに応じながらも、不服そうな口調で、

「なんの必要があって……」

「お帰りになった時の点検を簡単にするためです……。あ、小型の核ミサイルをつんでいますな」

「いけませんか。未知の宇宙への旅です。どんな敵にあうか、わからないではありませんか」

「いけません。核ミサイル、火炎銃、毒ガス噴霧器。すべての武器をお預かりいたします」

「そんな無茶な」

「わたしの命令です。それに従えないのでしたら、地球へお戻り下さい。武器をお預けいただかない限り、通過は許可できません。どちらをお選びになりますか」

「だが、いったい、敵にあったらどうすればいいのです」

「逃げればいいのです。それが最善の防御法です」

「やれやれ。わかりましたよ。仕方ありません」

その宇宙船は検問所に武器を渡し、太陽系外への探検旅行へとむかっていった。

「まったく、責任の重い仕事だ。心の休まるひまがない。しかし、これがわれわれの義務なのだ」

宇宙船を見おくりながら、所長はつぶやいた。その目つきは、なにかに憑かれたような、異常な光をおびていた。

「はい、そうですとも」

と、うなずく部下たちの目も、また、それと同じだった。

このようにして、危険物、あるいは、なんらかの意味で有害なものの通過は、この検問所によって阻止されつづけるのだ。なぞにみちた地球から、清潔な宇宙をまもるために……。

求人難

うつむきかげんの姿勢で、エス氏はひとり、夜の道を歩いていた。

そのようすからも想像できるように、彼はあまり活気にあふれた状態ではなかった。といって、身動きできない窮地におちいったというほど、極端なものでもなかったが……。

エス氏は、小さな工場の経営者。彼は仕事のことで、頭を悩ましていた。いままでは順調にやってこられたのだが、昨今の求人難のため、運営の見とおしが立たなくなってきたのだ。知り合いをたどって、なんとか従業員の補充もやってみた。しかし、いちおう役に立つようになると、たちまち条件のいい大企業に移っていってしまう。

今後のことを考えると、あまり元気もわいてこない。気ばらしに酒を飲みに出かけたのだが、酒の酔いをもってしても、この悩みを解消できなかった。夜の道をうつむいて歩いていたのは、そのためだった。

しかし、うつむいて歩いていたおかげで、ちょっとしたものを発見することができた。道ばたに、財布がころがっていたのだ。エス氏はそれを拾いあげ、街灯の光でたしかめてみた。口金のついた、いくらか古風な型だったが、財布にまちがいない。

彼はあたりを見まわした。落し主が近くにいたら、知らせてあげるつもりだった。だが、人影はなく、足音も聞こえてこない。エス氏はパチンと音を響かせて口金をあけ、なかをのぞいてみる。紙幣が一枚。内容はそれだけで、印鑑や名刺のたぐいは入っていない。

エス氏は交番をさがしかけたが、すぐにそれをやめた。届け出たら、住所、姓名、職業を質問され、また拾った場所を質問され、時間をつぶすことになるだろう。もしかしたら、いくらか抜いたのではないかと、疑われるかもしれない。

このごろは求人難だから、なれない警官もいるだろう。たまたまそんなのに当って、くどくどと同じ会話をくりかえすことは、考えただけでもうんざりする。大金ならべつだが、この程度の金額でそんな目にあうのは、どうもわりにあわない。

しかしながらエス氏は、もとのように財布をそこに置いて、立ち去る気にもなれなかった。彼は思案したあげく、財布をポケットに入れた。そして、通りがかったタクシーを呼びとめ、その紙幣で料金を支払い、家にかえりついた。内ポケットの自分の紙入れを出すのが、面倒だったのだ。

つぎの日。エス氏はなにげなく昨夜の財布を取り出し、あけてみて思わずつぶやいた。

「どうしたことだろう。酔っていたせいかな」

彼が首をかしげたのも、無理はなかった。財布のなかに紙幣が入っている。タクシーの料金として、たしかにつかってしまったはずなのに……。

彼はその紙幣をつまみ出し、ふしぎそうに眺めつづけた。ちょうどその時、新聞の集金人が訪れてきたので、エス氏はそれを渡してしまった。

だが、考えれば考えるほど奇妙だった。自分の紙入れを調べてみたが、金額はへっていない。いったい、あの紙幣は、どこから出現したのだろう。もしかしたら、まさか……。

まさか、とは思ったが、試みてみる価値はあるようだった。エス氏は財布の口金を閉じ、もう一度あけてみた。いま集金人に渡したのに、依然として紙幣が残っている。

「信じられない。幻かもしれない」

幻かどうかをためすために、エス氏はマッチの火を近づけた。幻でないことを示すように炎がひろがりはじめ、彼はあわててもみ消した。そのため指先にやけどをし、痛みを覚えた。おかげで、夢でないことも証明できた。

彼は口金を閉じ、ふたたびあけた。またも紙幣が入っている。

どうやら、この財布の口を閉じ、それからあけると、紙幣が出てくることになっているらしい。なぜそうなのかわからなかったが、使用法さえ判明すれば、それで充分ではないか。電気のスイッチを入れ性能を示してくれれば、内部の構造がどうなっていようと、多くの人はあまり気にしないものだ。また、へたに好奇心をおこすと、ろくな結果にならないことは、金の卵をうむガチョウを殺してしまった昔話が、よい教訓を伝えている。

しかしエス氏にとって、気になる点が一つだけあった。はたして通用する紙幣なのだろうか。彼はそれを持って近所の銀行に出かけ、窓口の係に聞いてみた。

「入金のなかにまざっていたのですが、にせ札ではないでしょうか」

「少々お待ち下さい」

係はそれを受け取り、ほうぼうの机を持ちまわった。指先でさわっただけでにせ札を判別できる人もあるそうだが、求人難の今日では、銀行もそう人材ばかりをそろえるわけにもいかないらしい。

銀行員たちは交代で照明を当てたり、すかしたり、拡大鏡でのぞいたりしていたが、やがて答がもたらされた。

「本物でございます。すべての点で、本物とちがった個所が見いだせません。すなわち、本物と呼んで、さしつかえないでしょう」

まわりくどい説明だったが、通用してくれるならそれでいい。エス氏は礼を言った。

「ありがとう」

「で、これをどうなさいますか。ご預金のほうへでも……」

「いや、細かいのに両替えして下さい」

エス氏は両替えしてもらった貨幣を手に、銀行を出た。使用しても、あとで文句を持ちこまれる心配はないと、はっきりした。これで一安心だ。

彼はその安心を手渡さないために、手の貨幣で丈夫なヒモを買った。その一端を財布に結びつけ、一端を輪にして首にかけた。スマートな感じではなかったが、スリにやられることを考えたら問題でない。この財布をなくしたら一大事だ。

なくしたら一大事とは、同時に、なくさなければ天下泰平という意味になる。まさしく、そうだった。求人難の小さな工場のことなど、もはや、どうでもよかった。財布のなかからは、いくらでも紙幣がわき出してくるのだから。

エス氏は、横着な実験もやってみた。財布の口をあけたまま、さかさにつるしておいたら、水道の蛇口《じゃぐち》のごとくに流れ落ちてくるかと思ったのだ。だが、そうはいかなかった。そこまで望んでは、虫がよすぎる。

実験は不成功だったが、べつに不満はなかった。エス氏は財布の口を開閉することが、まもなくくせになってしまった。世の中には指を鳴らしたり、頭をかいたり、手帳をいじるといったくせの持ち主が大ぜいいる。それと同じことだし、しかも、そのたびに紙幣が出てくるのだ。

彼は家に閉じこもり、その行為に熱中した。あるいは世間には、もっと楽々と、もっとてっとりばやく、もっと大金をもうけている人があるかもしれない。だが、この財布から出てくる金は無税なのだ。

いや、正確には税の対象になるのだろうが、黙っていればわかりっこない。取引き先から脱税がばれてくるという性質の、収入ではないのだから。税務署だって、求人難で人手不足にきまっている。そこまで調べる余裕は、ないにちがいない。

エス氏は、家に閉じこもってはいなかった。金は使うために存在していることを、よく知っていた。せっせと紙幣を引っぱり出し、それを貯金することは無意味だ。この財布そのものが、便利きわまりない預金通帳ではないか。

エス氏は好き勝手に遊びまわった。旅行、飲食、美しい女性、衣服……。遊び疲れれば、ぼんやりとしながら、財布の口をぱちぱちやっていればいい。申しぶんのない生活だった。

ただひとつ困ったことは、指先にマメができたことだ。だが、人をやとってやらせる気にはならなかった。なにしろ求人難の時代だ。このような大きな秘密を、信頼してまかせられるような人物が、いまの社会にいるはずがない。

エス氏の生活は、理想的に順調だった。

そして、ある日。エス氏は例によって、紙幣を引っぱり出そうとした。だが、いつものように、なめらかに出てこなかった。

「おかしい。故障したかな」

指に力を入れて引っぱったが、なかなか出てこなかった。彼は財布のヒモを柱に巻きつけ、本格的に力をこめた。そのとたん、エス氏は反対に引っぱられた。財布が一瞬大きくなったのか、エス氏が一瞬小さくなったのかわからなかったが、たちまちのうちに、財布の奥に引きずりこまれてしまった。

驚きのためにしばらく呆然としていたが、気を取りもどして、あたりを見まわしてみた。薄暗いなかに、みなれない光景があった。まばたきを何度かくりかえしていると、やはりみなれない人物が前にやってきた。

「よくおいで下さいました」

相手に話しかけられ、エス氏は聞いた。

「だれです、あなたは」

「とするると、おれは死んだのだな。だが、地獄行きとは、あまりにひどい。悪いことはしていないつもりだ。いや、正直にいえば、古財布を一つ拾って届けなかった。便利きわまる財布だったが、それは財布のほうの責任で、おれの責任ではない。地獄に送られるのは、あきらかに不当だ」

エス氏はあわてて、論理的だか非論理的だかわからない論理を展開し、自己の弁護に専心した。

「まあ、そう急いで結論につっ走らないよう、お願いいたします。あなたは、まだ死んだのではありません」

地獄の支配者は、地獄の支配者らしからぬていねいな口調で言い、紙片をさし出した。のぞいてみると、数字が書いてある。

「なんです、この数字は」

「いままで、お立て替えした金額です。ご返済いただけますか。それとも……」

「とんでもない。金はみんな使ってしまった。返済などできるものではない。返せなければ、どうするつもりなのだ。地獄でいじめようというわけか」

しかし、地獄の支配者は首を振り、あくまで礼儀正しかった。

「いいえ、あなたを地獄でいじめたりするつもりは、少しもありません。わたしの仕事を手伝い、亡者の監督をして下さればよろしいのです」

「いい仕事ではないな。いったい、いつまでやればいいのだ」

「お立て替えした金額に相当する期間で、けっこうです。そのころには、つぎの人も来ることでしょう。本当はこんな方法を使いたくはなかったのですが、なにしろ、このところ地獄も求人難で……」

ボタン星からの贈り物

エヌ電気会社は、いまや倒産寸前の状態におちいった。

その原因はいくつもあげることができる。資金面が充実していなかった。これといった特色がなかった。新しい分野への意欲不足。また、世の中の全般的な不景気など……。

しかし、いまさら反省してみても、すでに手おくれ。重役会議は延々とつづいたが、名案のわいてくるわけがなかった。その席上、ひとりがこんな提案をした。

「どうでしょう。いっそのこと、空の星にでも願いをかけてみましょうか」

やけをおこしたあげくの冗談だったが、賛成するものが出た。

「いいでしょう。人事をつくしたあとは、天命を待つほかありません」

「このまま倒産するより、なにかしてからのほうが、まだしも関係者への申しわけが立ちます」

どこかしら論理のずれた、無茶な結論に到達した。しかし、考えてみれば、はるかに良心的といえるだろう。よくある例の、つぶれるついでに取り込み詐欺をするというのにくらべたら。

そして、残った資金と資材とがつぎこまれ、工場内に奇妙な形のアンテナが組立てられた。

そこから宇宙へむけて、電波が発信された。

〈空の星よ。われわれの願いをかなえ、助けて下さい〉

科学的であり、少女趣味的でもあり、また新興宗教的な感じもあった。いささか異様な光景だったが、人間せっぱつまると、だれしも妙なことをはじめるものだ。

しかし、やってみただけのことはあった。しばらくすると、返電が入ったのだ。

〈よし。助けてやるぞ〉

思いがけない結果。それを聞き、一同は歓声をあげた。なにごとも、やってみるに限る。どうせだめだろうと最初からあきらめていたら、こうはならなかった。

〈よろしくお願いいたします。ぜひ、お願い申しあげます〉

これにすがり、これを発展させる以外に、もはや方法は残されていないのだ。すると、またも返電があった。

〈助けるといっても、なにをどうしたらいいのか、見当がつかない。まずそちらのようすを、くわしく知らせてもらわなければ……〉

もっともな話だった。地球上における生活のあらましを伝え、さらに進んで、エヌ電気会社の苦境を訴えた。けっこう手間のかかることだったが、いまは希望のはっきりした段階だ。期待と緊張のうちに、通信がつづけられた。相手にも通じたらしい。

〈だいたい了解した。われわれの星と、ほとんど同様のようだ。しかし、われわれの科学のほうが、少しばかり進んでいる。その一端を伝授しよう。製品にして売ってみたらいい〉

〈なんという、ご親切なこと。それでけっこうです。ぜひ……〉

それに対し、星からの通信は、ある装置の作り方を伝えてきた。その指示どおりの品をつくると、果物野菜皮むき器と称すべきものだった。果物をセットし、ボタンをひとつ押せば、瞬間にすっかり皮がむけてしまう。便利なこと、このうえない。

エヌ電気会社は、さっそくこれを大量生産に移し、販売してみた。好評であり、売れ行きもよく、倒産の危機をいちおう脱することができた。だが、まだ社運隆盛とまではいかない。そのためには、さらに星の力にたよらなければならない。

〈ありがとうございます。おかげで助かりました。勝手なお願いですが、もう少し、お知恵をお借りしたい〉

おそるおそる、おうかがいをたてると、好意にみちた返事とともに、またも新発明が伝え

られてきた。こんどは、自動ネクタイ結び器。ボタンをひとつ押すだけで、きちんとネクタイが結べる。これもまた、販売成績は良好だった。

星からの指導は、これで終りではなく、つぎつぎと送られてきた。ボタンを押すだけで、カンヅメをあけたり、びんの栓《せん》を抜いてくれる装置。ボタンを押すだけで、魚の骨を取ってくれる装置。ボタンを押すだけで、食物を口まで運んでくれる装置もできた。さらには、ボタンを押すだけで服のボタンをかけ、はずしてくれる装置まで伝授された。

世の中には、めんどうくさいことのきらいな人びとが多い。エヌ電気会社のぞくぞく発売する新製品は、どれも圧倒的な歓迎をうけた。それにつれ、会社も拡張する一方となった。こんな楽な商売はない。他の会社のように、大ぜいの研究部員をかかえておく必要がないのだ。すぐに特許を登録すればいい。産業スパイも、時間的に割り込む余裕がなかった。また、作れば必ず売れ、その売れ行きはすばらしい。作りすぎて、ストックができる心配もいらなかった。なぜなら、作る以上に売れるのだ。

工場を拡張したが、それだけではさばききれず、外注にも出した。なにしろ、もうかりすぎて困る状態というさわぎだった。

ボタンひとつ押せば、目的地へ行ってくれる自動車。ボタンひとつで、ひげをそり、からだを洗ってくれる装置。星からの伝授は、依然としてつづいた。やがて、ある時、指示によって複雑で、大型の装置が完成した。費用はずいぶんかかったが、いまでは、その程度のことはなんでもなかった。

しかし、問題はその使用目的が、だれにもわからない点だった。専門家に調べさせれば判明するのだろうが、エヌ電気会社にそんな者はいなかった。ただ製造さえしていればいいのだから。あらためて専門家をやとうより、星へ直接に質問したほうが手っとりばやい。それに、安あがりだ。

〈ご指示どおりに作ってみましたが、なんに使うものかわかりません。お教え願います〉

〈教えてやろう。それはボタン戦争用の装置だ〉

一同は、いささかあわてた。いい気になっていると、ぶっそうな品を作らされてしまった。こんな装置があると、押してみたい誘惑にかられる者が、いつかは出現するだろう。さては、地球を破滅させるための、一連の陰謀だったのだろうか。そこで、お礼とも不満ともつかない文句を送った。

〈ご好意はありがたいのですが、武器とは驚きました〉

〈だれが武器だと言った。それは防御用のものだ。戦争がおこりそうになったら、そのボタンを押せ。核兵器による破壊を、防いでくれる〉

それを知って、みなはほっとした。しかし、念のために公開試験がなされた。特に許されて、小規模な実験が行われた。なんという驚異的な効果。その装置の周囲、ある半径内は、まったくの無傷で残ったのだ。草一本も枯れず、虫一匹も死ななかった。

いうまでもなく、各国から注文が殺到した。死の商人たちからの激しい妨害工作もあったが、それははかない抵抗だった。これを買入れないと、国民が承知しない。

各国に納入することで、エヌ電気会社は膨大な利益をあげることができた。どんな高い価格を要求しても、必ず買ってくれる。

これが一段落したころ、またも星から、正体不明の装置が伝えられた。こんどはなんだろう。前回のこともあるので、疑問はあっても、不安はなかった。また、前回以上に巨大で複雑をきわめたが、惜しげもなく資金がつかわれた。いままでの利益の大部分がつぎこまれた形だったが、それも心配はない。どうせ、すぐに回収できるだろう。

〈先般は、ありがとうございました。こんどもまた、物々しい装置ができあがりました。どう使ったらいいのでしょう〉

〈説明するのは面倒だ。ボタンを押してみろ〉

これが指示だった。ためらうことなく、ボタンが押された。装置は低いうなり声を響かせ、作動しはじめたらしい。だが、いくら待っても、変化らしい変化があらわれない。人びとは顔を見あわせた。

「なんだろう。なんの役にも立たないようだが。一杯くわされたのではないだろうか」

「いや、そんなことはあるまい。いままでの実績から考えて、無用の長物を伝授してくれるわけがない」

話しあっているうちに、だれかが気がついた。装置の上に、みなれぬ人物が立っているのだ。すぐに注意の言葉がかけられた。

「そんなところに、勝手にあがってはいかん。だれだ、おまえは。見たこともない怪しいやつだが、わが社の秘密をさぐりに侵入してきたのだろう」

するとと相手は、おうへいな口調で答えた。

「おれか。おれはいままで、おまえたちにいろいろと教えてやった星の人間だ」

みなは、あらためて見なおした。たしかに、どことなく異質な雰囲気を持っていた。だが、外見や服装は地球人と似ている。もっとも、そうでなかったら、ネクタイ結び器、ボタンかけ器などを、伝授できたわけがない。しかし、態度はおうへいだった。両手をポケットにつっこみ、みなを見下している。だが、これも仕方ないだろう。いろいろと、お世話になってきたのだ。

「さようでございましたか。よくいらっしゃいました。お目にかかって、お礼を申しあげたいと思っていたところでした。しかし、どうやってここへ……」

「この装置によってだ。これはテレポーテーションの受信装置。テレビで画像が送れるように、これを利用すれば、物質でも人間でも、瞬間的にそのまま輸送することができる」

みな感嘆の声をあげ、感謝の意を表明した。

「そうでしたか。すばらしい発明品をお教えいただき、またまた、お礼の申しあげようがありません。これを利用すれば、宇宙船など旧式になってしまいましょう」

「その点はたしかだが、お礼を言うことはないぞ」

「なぜでございましょう。夢のような性能の品を作らせていただけたのです」

みなの疑問に、相手は答えた。

「これは、おまえたちに使わせない。おれたち専用だ」

「と申しますと……」

「この地球を、占領しようというのだ。おれたちは、人口がふえすぎて困っている。すぐにも、移民をはじめるつもりだ。さいわい、住み心地もよくなっているようだ」

「それは困ります。いままでの教授料はお払いいたしますから、それだけはお許し下さい」

「おれたちの知ったことか。あきらめるんだな。抵抗してもむだだぞ。おれたちを防げる方法だけは、伝授しておかなかったからな……」

まったく、地球人と似て、勝手きわまる相手だった。相手は装置のボタンを押し、ぞくぞくと人数がふえはじめた。彼らの外見は、前述のように、ほとんど地球人そっくりだった。だが、ポケットから出して面倒くさそうにボタンを押す彼らの手には、指が一本しかついていないのだった。

天使と勲章

ほどよく酔いがまわってきたので、エヌ氏は酒場を出ようとした。そして、ドアから一歩そとへ歩き出した時、思いがけない事態に直面した。

といっても、いつのまにか何メートルも雪がつもっていた、という天変地異のたぐいではなかった。ひとりの青年と、ぶつかってしまったのだ。

「やい、気をつけろ」

と、青年は勢いよく叫び、エヌ氏はのんびりと応じた。

「まあまあ、落ち着いて下さい。わざとぶつかったのでは、ないのですから……」

面白くない気分を晴らすために、やけ酒を飲もうとして、酒場にかけつけてきた青年。すでに酒を飲み終り、いい気分で帰りかけたエヌ氏。ちょうど逆の状態にある二人のあいだで、話のあうはずがなかった。会話のやりとりがくり返されるにつれ、そのずれは大きくなる一方だった。

「これでもくらえ」

という青年の声とともに、エヌ氏はなぐられてしまった。身をかわすひまもなく、まず顔の右のほうに一発。つづいて、もう一発。こんどは左のほうだった。

しかし、痛みはたいしたこともなかった。いや、やはり相当な痛さだったのかもしれないが、エヌ氏はそれを感じなかった。といっても、生れつき鈍感だったせいでも、また、つらの皮がとくに厚かったからでもない。もちろん、神経系統をコントロールし、痛みを遮断《しゃだん》する秘術を心得ていたわけでもない。なぐられてうしろへ倒れ、道路で頭を打ち、たちまち気を失ってしまったためだった。

気を失うと同時に、エヌ氏はそばに妙なものが出現したのをみとめた。白く大きな翼をそなえた相手だ。

「なんでこんなところに、アホウ鳥が……」

とエヌ氏はふしぎがると、相手は答えた。

「アホウとはなんです。失礼な。普通なら、このまま帰ってしまうところですよ」

「気にさわったのなら、あやまる。しかし、いったいなにものだ」

「よくごらんなさい。天使です」

それにちがいないことを知り、エヌ氏はあわてた。

「なるほど、たしかにそうだ。……さては、死んでしまったのだな。ああ、助けてくれ。まだ死にたくない。おれは四十五歳、ある会社の会計課長をしている。社会にとって、自分はなくてはならない人間だ、と主張するつもりはないが、それにしても、死ぬには早すぎるはずだ」

天使は、エヌ氏の手相をちょっと見てから、

「そう心配しなくていい。あなたの寿命は、まだ残っています。お迎えに参ったのではありません」

「それを聞いて安心した。とすると、なんの用だ」

「ちょうど通りがかったついでに、いまの事件を目撃いたしました。あなたは暴力にむくいるのに、暴力をお使いになりませんでした。右のほほを打たれたら、左のほほを出せ。わたしどものこの教訓を、文字通り実行なさっておいででした。心から敬服いたします」

天使は頭をさげた。それを聞いて、エヌ氏はくすぐったい気持ちになった。酔って動作がにぶくなってさえいなかったら、反対に青年をやっつけていたかもしれない。だが、そこまで打ちあけることも、なさそうだ。

「ほめていただいて、ありがたい」

「あなたのような立派な人物を、このまま見のがして立ち去ってしまうことは、許されません。寿命は残っておりますが、もしお望みでしたら、わたしの職権でそれを打ち切り、すぐに天国へご案内いたしますが……」

「まってくれ。好意はうれしいし、天国もさぞいい所だろう。だが、すぐに行きたいとは思っていない」

「あなたは、たぐいまれな謙虚なおかたです。ますます感心いたしました。しかし、これで帰るわけにはまいりません。言葉だけではなく、お気に入るかどうかですが、勲章を一つさしあげます」

天使はこう言いながら、なにかを取り出した。エヌ氏の好奇心は高まり、口を閉じるのも忘れて、それを見つめた。だが、いっこうに勲章らしくなく、壺《つぼ》のように思えた。

たしかに、それは小さい壺だった。天使はその栓をはずした。霧のような気体が勢いよく噴出し、そのさきに、たまたま開きっぱなしになっていたエヌ氏の口があった。彼はふたたびあわてた。

「おいおい、なにが勲章だ。ひとの口に変なものを流しこんだりして。これは前祝いのシャンペンなのか、それとも、副賞の香水なのか」

「勲章といっても、ぴかぴかと胸に飾って喜ぶ、人間世界の外面的なものとはちがいます。天国の勲章は、もっと実質的なものなのでございます」

「あまり実質的とは思えなかったが」

「お疑いになっては、いけません。ただいまの処置によって、あなたがお持ちになっている能力の一つを、ずば抜けて高いものにしてさしあげたわけです。どうぞ、それをご自由に活用なさって、人生のお役にたてて下さい」

「そうか。いずれにせよ、本当ならばありがたい」

「本当ですとも。気を取りもどされたら、まっさきにお試し下さい。うそでないことが、すぐおわかりになるでしょう」

「ところで、どんな能力を高めてもらえたのだろうか」

「それはですね……」

と、天使が言いかけた。

その時、エヌ氏は正気にかえった。あたりを見まわすと、自分は病院のベッドに横たわっている。そばに立っている医者が呼びかけてきた。

「やっと、昏睡《こんすい》からお覚めになったようですね。一刻も早く意識を取りもどすよう、努力をいたしました。そのかいがありました」

医者はうれしそうだったが、エヌ氏は不満げに答えた。

「ありがとう。だが、もっとゆっくりやってくれたら、なおありがたかった」

「ははあ。昏睡状態の時に、なにか幻をごらんになりましたな」

「幻覚ではない。たしかに天使に会ったのだ。そして、勲章をもらった」

医者はライトをエヌ氏の目に当て、のぞきこみながらつぶやいた。

「やはり、どこか打ちどころが悪かったようです」

「いや、そんなことはない。気はたしかだ。年齢は四十五歳。会社での地位は会計課長。その所在地は……」

とエヌ氏はしゃべり、医者はうなずいた。

「さきほど、ポケットのなかのお名刺を、調べさせていただきました。会社への事故の報告は、病院のほうでしてあります」

「それはお手数をかけた。記憶も正常であることが、これでおわかりでしょう」

「ええ。そのように、社会的地位と常識をお持ちのあなたが、天使の勲章などとおっしゃるのは……」

「わかった。やはり、きっと幻覚だったのだろう。しかし……」

相手を、あまり刺激してはいけない。エヌ氏は口をつぐみ、あとは頭のなかで考えた。しかし、あまりにも、はっきりしている。天使の出現と贈り物は、単なる幻覚とは思えなかった。それに、気のせいかもしれないが、自分でも、なにかの能力が高まったような気分だ。

エヌ氏は、そっと手をのばし、ベッドの横木をにぎりしめた。だが、なんの変化もおこらなかった。もし、力が強くなったのだったら、横木が折れてしまうはずだろう。力でないとすると、どんな能力なのだろうか……。

エヌ氏は横たわったまま頭を動かし、開いたままになっている、病室のドア越しに廊下を眺めた。すると、看護婦がひとり、なかへ入ってきた。若く、ちょっとした美人だった。ははあ、これだな。女性を引きつける能力が、そなわったにちがいない。エヌ氏は、にやにやした。悪くないぞ。

しかし、ベッドのわきに来た看護婦は、いとも事務的な口調で、エヌ氏に言った。

「会社にご連絡いたしましたら、仕事のことは気になさらず、充分に静養なさるように、とのことでございました」

そして、笑い顔ひとつ見せず、ドアから出ていった。エヌ氏はがっかりした。魅力をさずかったのでは、なかったらしい。だが、まあいいさ。大勢の女の子につきまとわれたら、金がかかって、ろくなことはないだろう。

そんな感想におかまいなく、そばの医者が聞いてきた。

「ところで、どうなさいますか。しばらく休養なされば、なにもかも完全に、もとの状態に戻れましょう」

「そうだな、休養のついでに、徹底的に健康診断をしてもらうとするか。もとの状態とちがった点が、ひとつだけ、あるような気がしてならない」

天使の贈り物がなんなのか、エヌ氏は気になってならなかった。それがわからなければ、まさしく宝の持ちぐされだ。健康診断は、数日を費して行われた。それによると、四十五歳の男性として、どの部分も、可もなく不可もないということが判明した。

エヌ氏は心のすみで、性的な力が高まっていることを、ひそかに期待していた。だが、そのようなけはいは、自分でも感じなかった。

エヌ氏は、またがっかりした。まあいいさ。そんな能力が高まったとしても、天使のすることだ。同時に、生殖能力も高めさせられたにちがいない。なにしろ「うめよ、ふやせよ」とかいう、キャッチフレーズの発明者の一派だ。あちこちに子供ができたら、天使は喜ぶかもしれないが、こっちは、たまったものでない。しかし、それにしても、どんな能力なのだろうか。

エヌ氏は医者に質問した。

「なにか、標準とちがった点を、発見できませんでしたか」

「調べた限りでは、なにも認められません」

「しかし、なにかあるはずだ。……そうだ。あるいは、死ななくなっているのかもしれない。ためしてみてくれませんか」

「とんでもない。冗談じゃありませんよ。やってみたけど、だめだった。これでは一大事でしょう。首をちょん切ってみるのは、簡単ですがね……」

「それもそうだな。また、首が胴からはなれた状態のまま死なないでいるのも、あまり感心した形ではない。天使ともあろうものが、まさか、そんなことをするはずがない……」

エヌ氏のつぶやきを聞きとがめ、医者が思いついたように言った。

「正確にいえば、ひとつだけあります」

「それですよ。知りたいのは。どんな点です」

「天使についての妄想です。四十五歳の男性として、これは普通では見られない特徴でしょう」

「それ以外の点でですよ……」

エヌ氏は顔をしかめた。しかし、いちおう、この可能性も検討してみた。妄想は能力の範囲に入らないだろう。また、かりに妄想力なるものがあるとしても、いっこうに高まってはいないようだった。よからぬ事への妄想も、まえと変りばえがしていない。

「天使への妄想なら、べつに他人に迷惑の及ぶものではありません。あと三日ばかり休養なさったら、退院をして、仕事へ戻られてけっこうですよ」

病院でのその三日間、エヌ氏はひまにあかせて、いろいろなことを試みた。そうせずにはいられなかったのだ。

サイコロを持って、ほかの病室の患者を訪れ、勝負をしてみた。しかし、勝ったり負けたりで、勝ちつづけ、あるいは負けつづけという結果にはならなかった。勝負ごとに関係した能力でも、なさそうだった。まあ、これは仕方ないだろう。悪魔ならべつとして、天使が勝負ごとを奨励するはずはない。

では、精神力に関係あることではないだろうか。念力によって、物品が動かせるというたぐいの。エヌ氏は机の上にマッチの棒を置き、思念をこらしてみた。だが、マッチは少しも動かなかった。また、どうしても女性のことが思い切れず、見かける女性すべてに対して、精神力を集中してみた。しかし、美人はもちろん、不美人さえも、だれひとり反応を示さなかった。

利己的なことを考えては、いけないのかもしれない。エヌ氏はべつな病室を訪れ、各種の患者に念力を試みた。だが、虫歯の痛みひとつなおせなかった。どうやら、精神力でないことも、たしからしい。

まったく、気になってならなかった。どんな能力なのだろうか。こんなに落ち着かない気分は、ほかにないだろう。天使なんかに会わないほうがよかった、とも考えた。しかし、いまさらどうにもならないし、能力が高まったことは悪くはない。喜ぶべきことなのだ。ただ、それがなにか、わかりさえすれば。

エヌ氏は、もう病院に用はないと思い、仕事に戻ることにした。会社へ出勤すると、上役は同情した声をかけてきた。

「つまらない災難にあってしまったな。もう大丈夫なのかね」

「はい。大丈夫です。ご心配をかけましたが」

「きみの休養中に、新しい設備を購入した。きみにも喜んでもらえると思う」

「なんでしょうか」

「高性能のコンピューターだ。これによって、きみの課の仕事も、ずっと迅速かつ正確になるだろう」

「そうでしたか。それは助かります」

エヌ氏は、うれしそうに答えた。答えながらも、一種の幸運とも呼ぶべきこの現象は、天使のおかげだろうかと考えてみた。しかし、幸運を呼び寄せる能力というものが、はたして存在するのだろうか。天使は「持っている能力を高めてさしあげる」と言った。存在しないものは、高めようがないだろう。

「どうしたのかね。考えこんだりして」

上役は、エヌ氏をコンピューターの置いてある部屋に案内しながら聞いた。

「いいえ。べつに」

まさか、天使のことを話すわけにもいかない。病院でならまだしも、会社でそれを口にしたら、悲しむべき結果になることぐらい、わかりきっている。

「しかし、なにか気になることがありそうに見える」

と、上役はまた言った。その時、エヌ氏は名案を思いつき、それを言葉にした。

「どうでしょう。コンピューターを、ひまな時に私用に使わせていただけませんか」

「必要なことなら、使ってもかまわない。社の能率を高めることに関連があるのならば……。だが、なんに使うつもりだ」

「じつは、あの事故で頭を打ちました。医者の診断では全快だそうですが、なにか故障が残っているような気がしてならないのです。全快したことを自分で確認し、安心したいというわけです」

エヌ氏はこう言いながら、口実を作る能力が高まったのかな、とも思った。上役は承知してくれた。

「安心して執務するのが目的なら、それは社用だ。係に命じて、自由に使っていい。だが、どう使うつもりだね」

「はい。まず、自分の行動をくわしく記録し、コンピューターに入れてみようと思います。装置はそれを整理し、分類し、検討し、なにか変ったところがあれば、その特徴を答えてくれるでしょう。それを知りたいわけです」

エヌ氏にとって、それ以外に知りたいことはないのだ。天使からの贈り物。それがなんであるかわからないうちは、安心して執務する気にはなれたものではない。

上役はうなずき、

「なるほど、そんな方法があるなら、やってみたらいい。解答が出るかもしれない。なにしろ、これは高性能の計算機だからな。ひとつ実例を見せよう」

上役はメモに、複雑な数式を書き係に手渡した。それをのぞいたエヌ氏は、変な顔をした。わけのわからない第三の数が、頭のなかにしぜんと浮かび、一列に並んだのだ。だが、その数がなんであるかは、一瞬のうちにわかった。コンピューターが画面に表示した合計の答と、正確に一致していたのだから。

エヌ氏は歯ぎしりをして、つぶやいた。

「暗算の能力だったとは……。また、なんと古くさい。これでは人びとが、天使だの勲章だのをありがたがらないのも、むりもないな……」

終末の日

小さな町だった。しかし、生活をするのに不便な町ではなかった。

小規模ながら銀行や郵便局、学校や警察もあった。また、あいそのいい主人の経営するマーケットもあった。そこでたいていの品は手にはいり、店になくても、たのめば次週には入荷していた。

それに、町には平和があった。誤解によるちょっとした事件は、しょっちゅうあったが、殺人などの犯罪は記録されていなかった。警官の拳銃の音を聞いた者は、いままでにだれもいなかった。

ひき逃げのような事件もなかった。ネコも、ゆうゆうと道路を横ぎることができた。たまには必死に駆けていることもあったが、それは仲の悪い犬に追いかけられた時だけだった。

町はずれからは畑がひろがり、そのむこうには果樹園があった。樹々は季節の動きにつれ、葉を散らせ繁《しげ》らせ、花や果実を身を飾るアクセサリーのようにつけかえることをくりかえした。

さらにそのさきは森で、いろいろな動物たちがいた。声のいい小鳥、いたずらもののカラス。かわいいリス、いじわるなキツネ、森の奥にはクマもいた。時たま町の近くまでやってくることもあったが、人畜に被害の及ぶことはなかった。みなはよく知っていて、クマを射殺することはしなかった。

大気はおだやかに町を包み、おだやかさは大気のように町を包んでいた。

いつもと同じく、きょうもまた平和だった。しかし、その平和もきょう限りで終る。といって、天災や戦乱が襲ってくるのではなかった。また、ボスが子分を引きつれて乗り込んでくるわけでもなかった。世の終りが迫っている時に、そんな手間のかかる計画をはじめるわけがない。

やせっぽちの郵便配達が、道ですれちがった町長に声をかけた。

「町長さん、いいお天気ですね」

「ああ、いい天気だ。ごくろうさま」

ふとった町長は、パイプを握った手を振り、笑いながらあいさつをかえした。天気に関する話題は、それ以上どちらからも発展しなかった。だれもが、きょうが世の終りと知っているのだから、あしたの天気を話すのは無意味なのだ。

ちょうど電気器具店の前で、飾り窓にはラジオが並べられてある。だが、そのスイッチを入れてみたところで、天気予報は流れ出てこないのだ。しばらくまえから、天気の長期予報を耳にした者はなかった。

郵便配達は、赤いポストのそばをすどおりし、歩いていった。あけてみたところで、一通も投函されていないことは、よくわかっていた。きょうの彼は、配達だけをすればいいのだった。

町長がそれを見送っていると、中年の婦人があたふたと駆けよってきて訴えた。

「うちの坊やが、けさから見えません。どうしましょう」

「よしよし、警察のひとにたのんで、さがしてもらうことにしよう」

町長は彼女をともない、いっしょに警察を訪れた。だがさがすといっても、まるで見当がつかない。担当の警官は頭をかき、いつかのように犬を使うことにした。

その犬は、ネコを追いかけ、夢中になって町を駆けまわっていた。犬やネコもまた、きょうが世の終りであることを知っていた。だが同時に、逃げる場所がどこにもなく、逃げたところでどうしようもないことも知っていた。いままで楽しんできた追っかけっこをするほかに、どんなすることがあるだろうか。

犬の利用は、あきらめざるをえなかった。警官は町長と婦人を連れ、警察のそばの横町で店を開いている、占いの老人のところへ寄った。老人の占いは、当ることもあったが、当らないこともあった。平均すれば、当ったことのほうが、いくらか多かったろうか。しかし、このところ将来を占うことを、しなくなっていた。そのようなことをたのみにくる客が、だれもいなくなったからだった。もし、たとえあったとしても、彼は適当にごまかし、答えなかったにちがいない。

将来を占うことはしなかったが、きょうのことなら占えた。彼はもっともらしい口調で告げた。

「いじわるなキツネを追っかけ、森のなかで迷子になっているようです」

警官と数人の有志からなる捜索隊は、森へとむかっていった。迷った子供も、捜索隊員たちも、きょうが世の終りであり、あしたからは、すべてが存在しなくなることを知っていた。だが、子供は迷子になるものなのだし、大人たちはさがすのがつとめなのだ。

隊員たちは声をあげ、笛を吹き、森のなかへとはいっていった。世の終りが迫っていることについては、だれも口にしなかった。わかりきったことを話しあってみたところで、なんの意味もない。それよりも、迷子をさがすのに熱中したほうがいいのだった。

森のなかでは小鳥がさえずり、飛び立った。リスたちは目を丸くし、隊員たちを木の梢《こずえ》から見下していた。小さなクマが草むらを動き、隊員たちをちょっとぬか喜びさせた。どの動物も、世の終りについては知っているのだが、そんな態度は少しもあらわしていなかった。

町では婦人が、子供の安否を気づかって、心配そうに報告を待っていた。まわりでなぐさめの言葉をかけ、激励する人たち。

しかし、やがて森の方角から、長い笛の響きが聞こえてきた。見つけたという合図だった。みなはほっとし、喜びの声をあげた。

二階の窓から首を出していた音楽家は、思わず歌をうたいはじめた。それにあわせて口ずさむ者、なかには軽く踊る者もでてきた。

しかし、そのあいだにも、世の終りは迫っていた。あとまもなくだったが、時計をのぞこうとする者は、だれひとりいなかった。みなは運命に従順だった。暴動をおこしてみたところで、どうなるものでもない。みにくく、あさましいだけのことだ。逆らえない運命ならば、このように平和のうちに終りを迎えたほうがいいのだ。

子供と捜索隊は町にもどり、歌っている人たちのむれに加わった。あすのことを想像できないので、だれもが考えるのは過去のことだった。思い出。たのしく、はなやかだった日々。長いようで、短かかった年月。

もちろん、まだしたい事はだれにも残っていた。恋愛中の若い男女、店を改築したいといつも言っていた本屋、観光バスを通過させたいと公約していた町長。だが、残念がったところで、しようがない。これが運命なのだから。

考えてみれば、あまりに平和すぎた。また、あまりに幸福すぎた。そのせいかもしれない。これが、神々のお気に召さなかったのだろう。しかし、いまとなっては、そんな反省も手お

くれだった。神々をうらんでみても、しようがない。神々にとっては、どれがどうなろうと、気に入らなければ消すだけのことなのだ。

静かに、あかるく、歌をうたうほうがいいのだ。いつもと少しも変りなく……。

終末の時は、すぐそばまで迫っていた。歌声は少し大きくなったが、それは悲しみをかくすためだったろうか。

終末の時が来た。それは空の一角から音もなく、防ぎようもなく近づいてきた。最初は小さな点だったが、たちまち大きくひろがり、なにもかも圧倒するように巨大に、また明瞭《めいりょう》になった。

〝終〟という字。

それとともに、非情な神の声が宣告となって響いた。

「長いことご覧いただきました連続人形劇〝小さな町〟本日をもって、終了させていただきます」

つづいて、さらに非情なる神、スポンサーの声に移った。だが、それはすぐにとぎれた。もっともっと非情で残酷であきっぽい神の手が、べつな局に切り換えてしまったのだから。

著者よりひとこと

本書『妖精配給会社』は昭和三十九年（一九六四）に早川書房より単行本として刊行されたもの。ということは、昭和三十七、八年ごろに執筆した作品というわけである。ガガーリン少佐の乗った初の人間衛星の大気圏外飛行が昭和三十六年。人びとの宇宙への関心が高まりはじめたころである。月着陸をめざすアポロ計画を決定したケネディ大統領は、昭和三十八年の十一月、日米間の衛星中継による初のテレビ放送の日に暗殺され、その驚きはいまだに印象に残っている。つまり、そんな時代だったのである。

今回、文庫に収録するに際し、最初の単行本に収録した作品のうち『ある研究』『意気投合』『不眠症』の三編を除外した。それらは、すでに新潮文庫で発行されている自選初期短編集『ボッコちゃん』のなかに入っているからである。不審に思われるかたがあるかもしれませんので、書きそえておくしだいです。

昭和五十一年九月

星　新　一

解説

福田　淳

星さんについて、いつもかなわないと思うことがある。それは文体である。星さんの文章は実にわかりやすい。が、つとめてわかりやすくしようとして書かれているのではない。もって生れたというか、天性のわかりやすさなのである。

どうしてああいう文体ができたのだろうか。ぼくもああいうぐあいに書ければなあ、と何度か思った。が、どうやっても堅苦しくなる。星さんのは融通無礙《むげ》なのだ。誤解を招くいい方になるが、生れたまんまといっていい。といって子供っぽいということではない。

星さんのショートショートは子供にも大人にも喜ばれる。が、子供にも読めるからといって子供向きというのでもないし、大人が読んでも十分におもしろいし、啓発される。つまり、おどろくべき文体なのだ。マネをしようとしても、マネができるはずがないではないか。

いかにもって生れた才能であるか、星さんのいくつかのエッセーから拾ってみよう。

〈文章とは表情のようなものではないかと思う。その人の性格や人生のあらわれである。

（中略）

表情術といったものは存在しないだろう。いかに技巧をこらして笑ったり泣いたりしても、とんでもない時にそれをやったのでは、すべてぶちこわしである。当人がおかしいと感じた時に笑い、悲しいと感じた時に泣く。それが表情なのだ。

文章もそのようなものだろうと思う。なによりもまず自分自身の個性をはっきりすべきで、表情はあとからついてくる〉（『文章修業』）

〈文章とは（中略）うまいへたではなく、あくまで人柄《ひとがら》だ。ユーモアのない人にユーモラスな文の書けるわけがなく、大まかな性格の人に神経質な文は書けない。

文章技術などより、自己発見のほうが先決である。それだけでいい。

あとは、辞書をそばに誤字をへらすよう努力し、文字をていねいに書くように気をつければ、文章にはしぜんと、あなたの人柄のいい面があらわれてくる。相手は必ず好感を持って読んでくれる。相手にその内容は伝わらないかもしれないが、あなたの存在は必ず相手に伝わり、心のどこかに残るはずだ〉（『文体』）

しかし、だからといって例のショートショートがスラスラと出来上っているのではない。どんなに天性の文体といっても、片っ端からショートショートが飛びだすというわけにいかないのが、むずかしいところなのである。

星さんにとって、ショートショートを考えつくのは、大変な苦しみであるらしい。やはり星さんのエッセー『私の小説作法』によると、そこが実にユーモラスに書かれている。こんなぐあいなのだ。

〈締切りが迫ると、一つの発想を得るためだけに、八時間ほど書斎にとじこもる。無から有をうみだすインスピレーションなど、そうつごうよく簡単にわいてくるわけがない。メモの山をひっかきまわし、腕組みして歩きまわり、溜息《ためいき》をつき、無為に過ぎゆく時間を気にし、焼き直しの誘惑と戦い、思いつきをいくつかメモし、そのいずれにも不満を感じ、コーヒーを飲み、自己の才能がつきたらしいと絶望し、目薬をさし、セッケンで手を洗い、またメモを読みかえす。けっして気力をゆるめてはならない〉

なんとなく女性のお産を思わせる。星さんがウンウンうなっているさまは、女性には失礼だが、やはり思わず微苦笑を誘うものがあるのだ。が、このあとの文章が注目に価する。

〈この峠を越せば、あとはそれほどでもない。ストーリーにまとめて下書きする。これで一段落。つぎの日にそれを清書し完成となる。清書の際には、もたついた部分を改め、文章をできるだけ平易になおし、前夜の苦渋のあとを消し去るのである。あいだに一日か二日おけば、なお理想的である〉

アイディアを生む苦しみについて書かれてはいても、文章に苦労したという個所はなにも書かれていない。これを天性の文体といわずに、なんといっていいだろうか。

星さんのショートショートは最初からみごとに完成していたといえる。もちろん、年齢とともに考え方は深まり、広がっていくものに違いないが、基本的にはゆるぎのないものがあった。文体のことを別にすれば、とくに人間の生き死について、一種の見据《みす》えた眼があったように思える。それは、すでに地獄を知っていたということである。

星さんは年配者にはなつかしい胃腸薬で知られる星製薬の創業者、星一《はじめ》さんの長男である。星製薬は戦後、経営不振に陥り、父の死とともに、星さんが若社長として後を継ぐが、何年間もの苦闘の果て、とうとう会社は人手に渡ることになる。星さんはショートショートを書きはじめて十年後に『人民は弱し官吏は強し』、そして最近作『明治・父・アメリカ』で、いずれも父のことをモデルにして長編小説をものしている。講談社文庫版に星さん執筆の年譜が添えられているが、その中に、

〈昭和三二年（一九五七）三〇歳　SF同人誌「宇宙塵《じん》」に書いた作品「セキストラ」が江戸川乱歩編集の「宝石」一一月号に転載された。ここに至る人生は、いずれ作品にするかもしれないので、省略ということにしておく〉

とある。空白のままなのだ。星さんの作家的秘密を探るとしたら、この時代にすべては集約されているように思える。よけいな穿鑿《せんさく》はやめるとしても、星さんは会社経営者として悪戦苦闘を強いられ、文学青年の時期はほとんどなかったという。ふつうではなかなかめぐりあえそうもない、はげしい人生ドラマを星さんは若くして経験したことになる。そしてこのことが貴重な精神的な糧《かて》になった。こうしてご本人も首をかしげるくらい、突如として作家に変貌《へんぼう》するのである。成熟した眼が、すでに出発点にあったということだ。

星さんのショートショートは、どんなに短くてもタンノウするようにできている。最後のオチは必ず意外性にあふれるのである。平俗ないい方をすれば、どんでん返しがなかなかの

芸なのである。

星さんは会社を人手に渡したあとの浪人時代は、碁会所に通ったり、小説を読むのにあけくれしたらしい。とくにこのときの小説に関する感想が、ちょっとユニークなのだ。ぼくは星さんから直接聞いたことがあるが、いまは正確に思いだせないまま、無責任にいわせてもらえば、どんな小説でもサービスがちゃんと行き届いていなければいけないという考えをもったらしい。皮肉なことにこんどはご本人が作家になることで、実践を強いられる結果になる。アイディアを生みだす苦しみというのは、当然、サービスということを含んでいるはずである。ショートショートとなると、なおさらみごとに完結させねばならず、そのサービスたるやなみなみならぬということになる。

ぼくは星さんのショートショートは、人生を知ってしまった眼で書かれているといった。本書は初期のなかでも後半の部類に入る作品集と思うが、改めて読み直してみると、いや最初からそうだったのだが、あの浮かれに浮かれた昭和元禄時代の行く末をとっくに見据えていたように思えるのだ。そこをもう少しジャーナリスティックに強調すれば、本書が単行本として世に出たのは、その真っ只中《ま　ただなか》の昭和三十九年であった。

星さんとしては、なにもそうしたことを予測して書いたのではないだろうが、あまりにも突き放した眼がそうしたことを感じさせるのである。例えば総タイトルになった「妖精配給会社」。その会社に社史編纂《へんさん》のための老社員がいる。人間社会は降ってわいたような妖精のおかげでメチャクチャだ。この場合の妖精はかわいらしい小動物で、あらゆるペットを追放、人間関係をも疎外させてしまった。老社員は会社の歴史をふりかえるうち、あることに気付きギョッとする。つぎに「三角関係」。若い女性を恋人にした男が、突然あらわれた若い男と三角関係になり、なまなましいカットウをくりひろげる。シットになやまされる男は船が難破、孤島にひとりぼっちでいるのを助けられた。彼のシットの感情は、実は……。あげればきりがないが、星さんのショートショートはなにもかも見通したところで成り立っている。だから昭和元禄のことをジャーナリスティックに改めて持ちだすまでもなく、星さんのショートショートについていうなら、どういうときでも常に反時代的なのだ。

なんだかクールさのみを強調した結果になったが、それと同時に一種なんともいえない明るいユーモアのただようのも星さんのショートショートの特徴だ。冷たい反面、明るいというのは矛盾のようにみえるが、それがうまいぐあいに同居しているのだ。クールなうえに、それがさらに冷たいユーモアになっては読者にとってはたまらない。もっとも星さんのが明るいといっても、それは暗さを知ったうえの明るさなのだ。そこが星さんのすばらしい芸でもあるのだ。

星さんという人は、思いがけないことを何気なしにいう。このごろの星さんは、伝記小説への開拓がめざましい。そのことを話題にしたら「こういう仕事は割にあわないですな」といいだした。どういうことかなと思っていたら、沢山の資料を読まねばならず、それに比べて枚数が少ないんでね、というのである。よほどの短編かと思ったら、どんな長編でも同じという答えがかえってきた。よく聞いてみると、資料に取り組む労力の方がお金がかかるというわけだ。

凡人からみればフィクションをつくりだす方がなみたいていでないし、その点、資料にあたるのは勉強にもなるし悪くないという気がするのだが、星さんはそういうことに関してまったく正反対なのであった。

（昭和五十一年九月）

この作品集は昭和三十九年七月に早川書房より刊行され、のちに全編が新潮社刊『星新一の作品集』のII・V巻（昭和四十九年七・十月）に収められた。

星新一著　ボッコちゃん

ユニークな発想、スマートなユーモア、シャープな諷刺にあふれる小宇宙！　日本ＳＦのパイオニアの自選ショート・ショート50編。

星新一著　ようこそ地球さん

人類の未来に待ちぶせる悲喜劇を、卓抜な着想で描いたショート・ショート42編。現代メカニズムの清涼剤ともいうべき大人の寓話。

星新一著　気まぐれ指数

ビックリ箱作りのアイディアマン、黒田一郎の企てた奇想天外な完全犯罪とは？　傑出したギャグと警句をもりこんだ長編コメディー。

星新一著　ほら男爵現代の冒険

〝ほら男爵〟の異名を祖先にもつミュンヒハウゼン男爵の冒険。懐かしい童話の世界に、現代人の夢と願望を託した楽しい現代の寓話。

星新一著　ボンボンと悪夢

ふしぎな魔力をもった椅子……。平和な地球に出現した黄金色の物体……。宇宙に、未来に、現代に描かれるショート・ショート36編。

星新一著　悪魔のいる天国

ふとした気まぐれで人間を残酷な運命に突きおとす〝悪魔〟の存在を、卓抜なアイディアと透明な文体で描き出すショート・ショート集。

星新一著

おのぞみの結末

超現代にあっても、退屈な日々にあきたりず、次々と新しい冒険を求める人間……。その滑稽で愛すべき姿をスマートに描き出す11編。

星新一著

マイ国家

マイホームを〝マイ国家〟として独立宣言。狂気か？　犯罪か？　一見平和な現代社会にひそむ恐怖を、超現実的な視線でとらえた31編。

星新一著

どんぐり民話館

民話、神話、SF、ミステリー等の語り口で、さまざまな人生の喜怒哀楽をみせてくれる31編。ショートショート一〇〇一編記念の作品集。

星新一著

宇宙のあいさつ

植民地獲得に地球からやって来た宇宙船が占領した惑星は気候温暖、食糧豊富、保養地として申し分なかったが……。表題作等35編。

星新一著

午後の恐竜

現代社会に突然巨大な恐竜の群れが出現した。蜃気楼か？　集団幻覚か？　それとも立体テレビの放映か？――表題作など11編を収録。

星新一著

白い服の男

横領、強盗、殺人、こんな犯罪は一般の警察に任せておけ。わが特殊警察の任務はただ、世界の平和を守ること。しかしそのためには？

星 新一著　**夢魔の標的**

腹話術師の人形が突然、生きた人間のように喋り始めた。なぜ？ 異次元の世界から不気味な指令が送られているのか？ 異色長編。

星 新一著　**妄想銀行**

人間の妄想を取り扱うエフ博士の妄想銀行は大繁盛！ しかし博士は、彼を思う女からとった妄想を、自分の愛する女性にと……32編。

星 新一著　**ブランコのむこうで**

ある日学校の帰り道、もうひとりのぼくに会った。鏡のむこうから出てきたようなぼくとそっくりの顔！ 少年の愉快で不思議な冒険。

星 新一著　**人民は弱し 官吏は強し**

明治末、合理精神を学んでアメリカから帰った星一（はじめ）は製薬会社を興した――官僚組織と闘い敗れた父の姿を愛情こめて描く。

星 新一著　**明治・父・アメリカ**

福島の田舎から上京、苦学し、さらに二十歳で渡米したひとりの青年。――著者の父であり、星製薬の創始者である星一の若き日の姿。

星 新一著　**おせっかいな神々**

神さまはおせっかい！ 金もうけの夢を叶えてくれた〝笑い顔の神〟の正体は？ スマートなユーモアあふれるショート・ショート集。

星新一著 きまぐれ暦

地震対策に東京で原爆を爆発させたら？　歴史を現在から過去へと逆にたどったら？　発想の転換をうながす愉快な話のコレクション。

星新一著 にぎやかな部屋

金もうけに策をめぐらす金貸しの亭主といんちき占い師の夫人、その金を狙う詐欺師、強盗。現代世相を軽妙に描く異色コメディー。

星新一著 ひとにぎりの未来

脳波を調べ、食べたい料理を作る自動調理機、眠っている間に会社に着く人間用コンテナなど、未来社会をのぞくショート・ショート集。

星新一著 だれかさんの悪夢

ああもしたい、こうもしたい。はてしなく広がる人間の夢だが……。欲望多き人間たちをユーモラスに描く傑作ショート・ショート集。

星新一著 進化した猿たち（全三冊）

人間たちの愛すべき素顔をヒトコマに凝縮したアメリカ漫画数百点を駆使して、軽妙な文明批評を展開した無類に楽しいエッセー集。

星新一著 未来いそっぷ

時代が変れば、話も変る！　語りつがれてきた寓話も、星新一の手にかかるとこんなお話に……。楽しい笑いで別世界へ案内する33編。

星新一著
ノックの音が
サスペンスからコメディーまで、「ノックの音」から始まる様々な事件。意外性あふれるアイデアで描くショートショート15編を収録。

星新一著
夜のかくれんぼ
信じられないほど、異常な事が次から次へと起こるこの世の中。ひと足さきに奇妙な体験をしてみませんか。ショートショート28編。

星新一著
おみそれ社会
二号は一見本妻風、模範警官がギャング……。ひと皮むくと、なにがでてくるかわからない複雑な現代社会を鋭く描く表題作など全11編。

星新一著
たくさんのタブー
幽霊にささやかれ自分が自分でなくなってあの世とこの世がつながった。日常生活の背後にひそむ異次元に誘うショートショート20編。

星新一著
なりそこない王子
おとぎ話の主人公総出演の表題作をはじめ、現実と非現実のはざまの世界でくりひろげられる不思議なショートショート12編を収録。

星新一著
どこかの事件
他人に信じてもらえない不思議な事件はいつもどこかで起きている――日常を超えた非現実的現実世界を描いたショートショート21編。

北杜夫著 **ぼくのおじさん**

ぼくのおじさんときたら、やることなすこと的はずれで、大学の先生だなんて信じられないくらいだが……。ジュニアのための童話集。

北杜夫著 **さびしい王様**

平和で前近代的なストン王国に突如おこった革命、幼児のような王様の波瀾の逃走行と恋のめざめ——おとなとこどものための童話。

北杜夫著 **酔いどれ船**

日本人に特有な海の彼方への激しい憧れと、その反面にある異国社会での不適応性を世界各地に生きた男女の中に描くオムニバス長編。

北杜夫著 **さびしい乞食**

若様乞食の御貰固呂利《おもらいころり》が、地の底から湧いて出たストン国王や、アメリカ乞食、正体不明の大金持らと共に宇宙的運命に翻弄される。

北杜夫著 **さびしい姫君**

〝さびしい王様〟ストン国王と三歳で結婚し、子供ができないため離婚させられたローラ姫。大笑いしながらちょっぴり悲しい長編童話。

北杜夫著 **まっくらけのけ**

妹の死をきっかけに、唐突に思い出した幼い頃の蒲団にもぐってした暗闇あそび——空想と幻影と郷愁にみちた世界を描く10の短編。

井上ひさし著
ブンとフン

フン先生が書いた小説の主人公、神出鬼没の大泥棒ブンが小説から飛び出した。奔放な空想奇想が痛烈な諷刺と哄笑を生む処女長編。

井上ひさし著
ドン松五郎の生活

小説家の飼犬ドン松五郎が、仲間と語らって、世直しのために立ちあがった！　漱石先生も脱帽する、井上ひさし版「吾輩は犬である」。

井上ひさし著
偽原始人

大好きな容子先生が、教育ママに追いつめられて自殺をはかったと知るや、小学生三人組は遂に反乱を起した。果してその行く末は？

井上ひさし著
吉里吉里人（上・中・下）
日本ＳＦ大賞・読売文学賞受賞

東北の一寒村が突如日本から分離独立した。大国日本の問題を鋭く撃つおかしくも感動的な新国家を言葉の魅力を満載して描く大作。

井上ひさし著
イーハトーボの劇列車

近代日本の夢と苦悩、愛と絶望を乗せ、夜汽車は理想郷目指してひた走る――宮沢賢治への積年の思いをこめて描く爆笑と感動の戯曲。

井上ひさし著
國語元年

標準語で女が口説けるか。方言で強盗にはいれるか。日本語の根幹をゆさぶる爆笑喜劇。「国語事件殺人辞典」「花子さん」を併録。

新潮文庫最新刊

泡坂妻夫著
黒き舞楽
郷土人形作家の妻が次々と不審な死を……。古い人形の因縁に絡めとられた男女の異形の愛を浮き彫りにした禁断の恋愛ミステリー。

矢作俊彦著
ドアを開いて彼女の中へ
本当に欲しいのは、永遠に失われたXKジャギュア――。世紀末ニッポンに跋扈する、醜悪な欲望をメッタ斬り。痛快無比のエッセイ集。

鈴木健二著
男が50代になすべきこと
「50代は人生が稔る時」――人生の収穫期は60代への種蒔きの季節でもあります。「定年」も「還暦」も視野に含んだ共感の12章。

橋口譲二著
それぞれの時
都市で暮らす一人の部屋
普通の人々の何気ない暮らしの中に、この不透明な時代の輪郭が浮かび上がる。17人の心優しい東京の一人暮らしたちとの魂の対話。

猪瀬直樹著
日本凡人伝　**今をつかむ仕事**
仕事に、遊びに、自分の夢をたしかな形にした12人の男たちが、それぞれの生き方や将来を語ったインタビュー・ノンフィクション。

井上ひさし著
どうしてもコメの話
日本のコメが危ない。コメ自由化許すまじ！農村の役割をつぶさに考察し、児孫のために美田を残す道を探る。コメを守る緊急提言。

妖《よう》精《せい》配《はい》給《きゅう》会《がい》社《しゃ》

新潮文庫　ほ-4-9

昭和五十一年十一月三十日　発行
平成　四　年十二月　十　日　四十三刷改版
平成　六　年　一　月十五日　四十五刷

著者　星《ほし》　新《しん》　一《いち》
発行者　佐藤亮一
発行所　株式会社　新潮社
郵便番号　一六二
東京都新宿区矢来町七一
電話　営業部(〇三)三二六六—五一一一
編集部(〇三)三二六六—五四四〇
振替　東京四—八〇八番

価格はカバーに表示してあります。

乱丁・落丁本は、ご面倒ですが小社読者係宛ご送付ください。送料小社負担にてお取替えいたします。

印刷・株式会社光邦　製本・憲専堂製本株式会社

ISBN4-10-109809-3 C0193